LAISHI DE LU
来时的路
亲历者讲述红色故事

转战闽西北

陈丕显　等◎著

庞召力　冯华安　张博雅◎编

中国文史出版社

图书在版编目（CIP）数据

转战闽西北／陈丕显等著；庞召力，冯华安，张博
雅编 . -- 北京：中国文史出版社，2024.12. --（来时
的路：亲历者讲述红色故事／朱冬生主编）. -- ISBN
978 - 7 - 5205 - 4854 - 0

Ⅰ. I251

中国国家版本馆 CIP 数据核字第 20246HA533 号

责任编辑：金　硕　胡福星

出版发行：**中国文史出版社**
社　　址：北京市海淀区西八里庄路 69 号　　邮编：100142
电　　话：010 - 81136606/6602/6603/6642（发行部）
传　　真：010 - 81136655
印　　装：廊坊市海涛印刷有限公司
经　　销：全国新华书店
开　　本：700mm×1000mm　1/16
印　　张：17.75
字　　数：169 千字
版　　次：2025 年 1 月北京第 1 版
印　　次：2025 年 1 月第 1 次印刷
定　　价：76.00 元

丛书编委会

选题缘起

一是贯彻落实习近平总书记提出的"要讲好党的故事、革命的故事、根据地的故事、英雄和烈士的故事,加强革命传统教育、爱国主义教育、青少年思想道德教育,把红色基因传承好,确保红色江山永不变色"重要指示精神,深入挖掘红色资源,丰富精神宝库。"采取青少年喜闻乐见、易于接受的形式",讲好"四个故事"、加强"三个教育",以高度的历史自觉培育有理想、有本领、有担当的时代新人。抚今追昔、鉴往知来,不忘初心、牢记使命,始终牢记"我们走得再远都不能忘记来时的路",让信仰之火熊熊不息。

二是引导人们树立正确的历史观。中国共产党百年非凡奋斗历程为我们留下了丰厚的精神遗产,随着时间的推移,现阶段人们尤其是年青一代对当年那一段血与火的历史已渐感陌生；网络时代媒体传播的多元化，极大丰富了人们的信息资源，但在一定程度上也干扰了人们对历史的正确认知，特别是关于党史和军史，存在不准确甚至不正确的史料传播。本丛书旨在通过收集和整理史料，让历史说话，用史实发言，为人们树立正确历史观提供翔实资料。

三是文史资料再开发的尝试。现存的权威军史资料大都时日已长，为防止宝贵的红色资源湮没在历史尘埃中，迫切需要对其进行深度挖掘、梳理整合，以"亲历、亲见、亲闻"的"三亲"史料的形式，让红色资源以新的体系、新的样态呈现在世人面前，更好地发挥教育功能。

编选原则

一是坚持正确的政治立场。牢牢坚持党性原则，牢牢坚持马克思主义新闻观，牢牢坚持正确舆论导向，牢牢坚持正面宣传为主。

二是主题鲜明。丛书反映了中国共产党团结带领中国人民，以"为有牺牲多壮志，敢教日月换新天"的大无畏气概，书写了中华民族几千年历史上最恢宏的史诗；展现了坚持真理、坚守理想，践行初心、担当使命，不怕牺牲、英勇斗争，对党忠诚、不负人民的伟大建党精神。

三是史料权威。丛书内容来源于《中国人民解放军历史资料丛书》《中国抗日战争军事史料丛书》《中国工农红军长征史料丛书》所收录的文章及老一辈革命家的回忆录等。涉及党内路线斗争的题材概不收入；涉及犯有重大错误的人员的情况只做客观描述，不做评述；理论性较强，不便于一般读者理解的文章慎重选录。

四是注重"三亲"性。所选文章紧扣"亲历、亲见、亲闻"的特点，内容感人至深、思想丰富深刻、语言通俗易懂，为加强红色资源的故事化提供生动范例，做到知识灌输与情感培养并举。

卷册专题划分

一是在纵向上按照中国革命的历史进程，讲述了土地革命战争时期、抗日战争时期、解放战争时期及新中国成立初期的党史和军史故事。

二是在横向上各个历史时期再按区域或按部队序列进行分述。如土地革命战争时期的各地武装起义，按照当年武装起义比较集中的地区，如湘赣、湘鄂西、鄂豫皖、苏浙闽沪、陕甘等分别编辑成册。抗日战争时期，按照八路军第一一五师、第一二〇师、第一二九师、新四军、华南抗日游击队、东北抗日联军等分别编辑成册。解放战争时期，按照第一、第二、第三、第四野战军和华北军区部队，以及剿匪斗争、策动国民党军起义投诚等分别编辑成册。后勤工作、军队院校等特殊领域，单独成册。

　　囿于文史资料的自身特点，作者个人身份立场、视野角度不同，一些人撰稿时年事已高、事隔经年，记忆恐有偏差，细节难求完全准确，有意偏重或弱化亦难避免。对此，我们力求维持原貌，体现多说并存，只对一些显而易见的讹误进行了谨慎订正。诚然如此，由于我们能力水平和主客观条件的限制，难免有疏漏之处，恳请广大读者批评指正！

编　者

2024 年 6 月

从 1934 年下半年到 1937 年全民族抗战爆发，红军主力相继战略转移后留在长江南北的一部分红军和游击队，在党的领导下，在人民群众的支持下，展开了艰苦卓绝的游击战争。1934 年 10 月，中央红军主力撤出根据地时，中共中央决定成立苏区中央分局和中央军区，以项英为分局书记兼军区司令员和政治委员。同时，成立以陈毅为主任的中华苏维埃共和国中央政府办事处。在项英和陈毅的率领下，留在根据地的部队在策应、掩护了主力红军战略转移之后，进行分散突围，开展游击战争。由于众寡悬殊，也遭受重大损失。与此同时，在闽北、闽东、闽中、闽粤边、皖浙赣、浙南、湘南、湘鄂赣、湘赣、鄂豫皖边、鄂豫边以及琼崖等地区，党组织和红军游击队也都紧紧依靠群众,开展了不屈不挠、英勇顽强的游击斗争。面对国民党当局频繁的军事"清剿"和严密的经济封锁,南方各游击区的红军和游击队采取灵活机动的游击战术和巧妙的斗争策略,同敌人周旋。他们经常出没于崇山峻岭和茅草密林之间,昼伏夜行,风餐露宿,艰苦备尝。在全民族抗战爆发后,南方八省保存下来的红军和游击队改编为国民革命军新编第四军(简称"新四军"),成为活跃在大江南北抗日前线的一支重要武装力量。本书收录的文章绝大部分是游击区红军和游击队将士亲身经历的事件和战斗,也有部分革命群众的感人回忆,真实记录了浙南、闽北、闽中、闽东游击区的红军和游击队,在当地共产党组织的领导下,在人民群众的支援与掩护下,利用各种有利地形,与国民党军和地方保安团队的持续"清剿"进行斗争,很好地保存了南方革命阵地,积累了丰富的游击战争经验,牵制了大量的国民党军,在战略上配合了主力红军的行动,为土地革命战争做出了重大贡献,并为华中、华南地区人民进行抗日战争保存了骨干力量。

目 录

2

南方三年游击战争[*]

陈丕显　叶　飞

　　1934 年 10 月，红一方面军撤离中央苏区后，云集在中央苏区周围的 50 万敌军，除一部分被抽调去追堵长征的红军外，绝大部分兵力仍然留下，继续向苏区腹地进攻。而奉命留在中央苏区的红二十四师和十余个独立团及其他地方部队，连同党政机关工作人员，共计 30000 余人，其中还包括大批伤病员，使敌我力量对比更为悬殊，形势险恶。南方八省红色区域就是在这种空前的险境中，开始了十年内战中最为艰苦卓绝的三年游击战争。

　　面临如此严重的危局，很显然，南方各苏区都有一个实行战略转变的问题，即由苏区变为游击区，由正规战转变为游击战。然而，为"左"倾冒险主义统治的临时中央，却没有做出符合客观实际的周密部署，只是在中央红军主力即

---

　　* 本文节选自《南方三年游击战争的回顾》，收录时做了适当修改。

将转移之际，仓促决定在中央苏区成立中共中央分局和中华苏维埃中央政府办事处，领导根据地军民坚持斗争。随后，中央革命军事委员会（简称"中革军委"）又决定成立中央军区，作为中央苏区和邻近苏区红军游击队的统率机关。中央分局由项英、瞿秋白、陈毅、陈潭秋、贺昌等同志组成，项英任书记；中央政府办事处以陈毅为主任，梁柏台为副主任；中央军区由项英兼司令员。临时中央赋予中央分局的任务是：领导苏区军民在中央苏区及其周围坚持游击战争，打击进犯苏区的敌人，保卫中央苏区，保卫土地革命胜利果实；准备将来配合主力红军在有利条件下进行反攻，恢复苏区。

项英、陈毅等负责同志受命于危难之际，置个人安危于度外。在主力红军长征之初，他们领导中央苏区军民，牵制并消耗了国民党军队的大量兵力，有力地策应了主力红军的战略转移，建立了不可磨灭的功绩。但由于项英和中央分局为临时中央赋予的"保卫中央苏区"的任务所约束，对当时整个斗争形势估计不足，把希望寄托在主力红军远征大捷和等待主力回师反攻上，没有适时地实行由正规战向游击战、由苏区向游击区的战略转变，反而不适当地提出"创造新的师、新的军团"，进行大兵团作战。结果使自己越发陷于被动。至 1934 年 11 月下旬，中央苏区的县城和交通要道均陷于敌手。1935 年 1 月下旬，牛岭战斗的失利，红军二十四师和部分独立团遭到重大损失，形势更趋恶化。

血的教训迫使项英和中央分局正视现实，牛岭战斗后即认真考虑转变战略方针问题，并将自己的设想电告党中央，急请中央给予新的指示。经过遵义会议纠正了"左"倾冒险主义错误的党中央，于 2 月 5 日明确电复中央分局："要立即改变你们的组织方式与斗争方式。使与游击战争的环境相适合。"接着，又于 13 日和 23 日迭示分局，再次强调要由原来的苏区方式转变为游击区方式，占领山地，灵活机动地开展游击战争，以打破敌人的堡垒主义与"清剿"政策。项英和中央分局根据中央指示精神，毅然决定实行彻底的战略转变，组织坚守中央苏区的机关、部队分九路突围。分别转移到赣粤边、闽西、闽赣边和湘南，会合当地革命武装转入游击战争。

1935 年 3 月底，项英、陈毅等历经艰险，抵达赣粤边，与中共赣粤边特委和军分区会合于油山地区。随后，蔡会文等率领的从赣南突围出来的部队，也到达油山与项、陈会合。4 月上旬，项英、陈毅等在大庾县（一般指大余县）长岭召集负责干部会议，制定了"依靠群众，坚持斗争，积蓄力量，创造条件，迎接新的革命高潮"的正确方针，同时做出了进一步的分兵部署，广泛开展游击战争。至此，中央分局最终实现了由正规战到游击战的战略转变，为长期坚持南方游击战争，确定了正确的方向。在此前后，南方八省其他各块根据地也都先后实行了由苏区斗争方式向游击区斗争方式的战略转变。

由于失去了电台通信设备，加之敌人重兵包围分割，中央分局与党中央以及各游击区之间失去联系，从此形成了各个红色区域独立坚持斗争的格局。

1934年底至1935年春，蒋介石重新调整兵力部署，将闽赣两省划分为12个"绥靖区"。同时，又在鄂豫皖地区增加兵力，对红军游击队进行分区"清剿"。1935年7月，又成立"闽赣浙皖四省边区清剿总指挥部"，妄图一举扑灭南方各红军游击队。

国民党对南方各游击区的"清剿"，采取所谓"三分军事，七分政治""剿抚兼施"的方针，军事、政治、经济三管齐下，无所不用其极。在军事上，国民党军以几倍、十几倍于红军游击队的兵力，对各游击区重重封锁。分区进行"驻剿""搜剿""清剿"。在政治上，采取"隔离政策"和"瓦解政策"。强化保甲制度，实行"一人通'匪'，十家连坐；一家窝'匪'，十家同祸"的联保连坐法，妄图隔断红军游击队与群众的联系。同时，还制定《共产党人自首法》，妄图诱骗共产党员和游击队队员自首变节投降。在经济上，实行严密封锁。对居民实行"计口购粮"和配给日用品制度，控制圩场集市，妄图将红军游击队冻死、饿死、困死在深山密林里。

当时游击战争环境之险恶，斗争之酷烈，生活之艰辛，在中国革命史上是罕见的。红军游击队不仅要同强大的敌人做殊死斗争，而且要同内部的动摇变节分子做不懈的斗争。

至于游击生活，更是苦不堪言，在那极其艰难的岁月里，我们长年累月被围困在深山密林里，粮食断绝是常事，只好以野果、野菜、竹笋充饥。在住宿方面，更是"野营已自无篷帐，大树遮身待天明，几番梦不成"。如果没有党的坚强领导和同志们对革命的坚定信念，没有群众舍生忘死的支援，要胜利地度过这漫长的岁月，是不可想象的。

在军事上，红军游击队采取高度灵活的游击战术。利用各省边界地区的有利地形，以山地为依托，避强击弱，昼伏夜出，化整为零，集零为整，声东击西，神出鬼没。在斗争中各游击区都摸索出一套对付敌人的办法。正如陈毅在《赣南游击词》中所描述的："讲战术，稳坐钓鱼台，敌人找我偏不打，他不防备我偏来，乖乖听安排。"

在政治上，红军游击队实行灵活的斗争策略，把合法斗争和非法斗争、公开斗争与秘密斗争有机地结合起来。例如发展革命"两面政权"，就是成功的一例。各地党组织派一些没有暴露身份的共产党员、革命群众和开明绅士，去担任保甲长；对有悔改表现的保甲长既往不咎，并逐步争取他们挂着国民党的招牌，实际为共产党办事；至于个别极端反动、坚决与红军游击队为敌的保甲长，则坚决给以严惩。这样，国民党反动的保甲制度也就不灵了。而我们则在工作上打开了新的局面。

在经济上，采取保护工商业，红白区来往自由贸易的政策，打破敌人的经济封锁。

在那艰难的岁月里，军民关系至关重要。那时，红军游击队与广大群众融为一体，生死与共，患难相依。在战斗中，群众想方设法为我们侦察敌情，送情报，当向导。在游击队活动的基本地区，只要红军游击队队员一进村，当地青壮年便自动为游击队队员站岗放哨。最难能可贵的是，有的群众被敌人逮捕后，虽遭严刑拷打，也不吐露半句实情，以鲜血乃至生命，保护红军游击队的安全。群众不仅与我们一起战斗，而且还冒着生命危险机智地把大米、食盐和药品送上山，接济游击队，使我们得以打破敌人长期的经济封锁而生存下来。陈毅曾满怀深情地歌颂道："靠人民，支援永不忘。他是重生亲父母，我是斗争好儿郎，革命强中强。"

1936 年 12 月，西安事变的和平解决，成为时局转换的枢纽。在我党抗日民族统一战线的政策推动下，蒋介石表面上接受我党"停止内战，一致抗日"的政治主张，被迫在西北停止了对红军和边区的进攻。但在南方却继续调兵遣将，实行"北和南剿"的反动方针。蒋介石任命刘建绪为闽赣浙皖四省"剿共"总指挥，卫立煌为鄂豫皖督办公署督办，集中兵力，采取"大抄山、大烧山、大砍山"和"篦梳式"搜山等凶恶的手段，妄图给南方各游击队以"最后一击"。然而，这时的南方红军游击队已积累了丰富的斗争经验，战略战术更加巧妙，政策更加灵活，意志更加坚定。尽管国民党使出浑身解数，但其图谋始终未能得逞。我们不仅没有被消灭，而且顺应全国抗日潮流，壮大了力量，扩大了影响。

为了适应新的形势，各游击区一方面坚决粉碎敌人的军事"清剿"，一方面密切注视形势的发展变化，特别是想方设法获取来自党中央的信息。为此，我们用各种办法收集国民党的报刊，从字里行间去揣摩和分析政治形势，研究和领会党中央有关方针政策精神。同时还派人到香港、上海、武汉，找地下党建立联系，或转道去陕北，直接与党中央联系。

1937 年 7 月全国抗日战争爆发后，党中央先后派周恩来、博古、叶剑英、董必武、林伯渠、张云逸、李克农等人在南京和武汉，就南方红军游击队问题，同国民党政府代表进行谈判；张云逸还奉命到南方与各地方当局谈判。在这前后，一些游击区又从不同渠道得到《抗日救国十大纲领》《国共合作宣言》等文件。据此，南方各游击区进一步转变策略方针，由"抗日反蒋"改为"联蒋抗日"，正式向各地国民党地方军政当局发出"停止内战，一致抗日"的呼吁。

这时，国民党迫于形势，表示愿意与我们进行和平谈判，但一些国民党反共顽固派仍缺乏诚意，在谈判中使用诱降（即"收编"）和分化瓦解政策。他们或者以"谈判"掩护军事进攻，或者诱我下山"收编"。"收编"和"改编"虽只是一字之差，但却是谈判斗争的焦点。国民党妄图通过谈判把我们"收编"过去，以实现其在"清剿"中未能实现的目的。因此，在和平谈判过程中，展开了尖锐复杂的斗争。南方红军游击队坚持国共合作抗日及独立自主政策，在谈判中根据不同的情况，进行针锋相对的斗争。对进犯的国民党军队，坚决进行自卫还击；对搞阴谋诡计的反共顽固派，予以严正的揭露，坚持改编，反对收编，对肯坐下来进行谈判者，则以诚相待。经过艰苦斗争，红军游击队终于同国民党地方当局，达成了若干和平协议。

1937年9月中旬，陈毅在国民党大庾县县长彭育英的陪同下到达赣州，与国民党江西省政府的代表谈判，初步达成合作抗日的协议。9月下旬，项英前往南昌继续就停战和合作抗日问题与国民党当局进行谈判。同时，中共中央代表与国民党代表，在南京达成了将南方红军游击队改编为新四军的协议。

根据国共两党达成的协议，南方八省的红军游击队（琼崖红军游击队除外）改编为国民革命军新编第四军。叶挺任军长，项英任副军长，张云逸任参谋长，袁国平任政治部主任，周子昆任副参谋长，邓子恢任政治部副主任。新四军下辖4个支队。另外，以闽中和湘南部分红军游击队编为新四军特务营。随后琼崖红军游击队也通过同国民党当局谈判达成协议，改编为广东琼崖民众抗日自卫团独立队，后来发展成为琼崖抗日独立纵队。

南方红军游击队经过三年艰苦卓绝的斗争，终于胜利完成了党和人民赋予的历史任务。尤其可贵的是，保存了党在南方的战略支点和革命火种，锻炼出一支坚不可摧的革命武装。如同长征的红军发展成为强大的八路军一样，坚持南方游击战争的八省红军游击队会合成为驰骋大江南北的新四军。对此，中共中央曾给予高度评价。1937 年 12 月 13 日，中央政治局《对于南方游击区工作的决议》中指出："项英同志及南方各游击区的同志在主力红军离开南方后，在极艰苦的条件下，长期坚持了英勇的游击战争，基本上正确地执行了党的路线，完成了党所给予他们的任务，以至能够保存各游击区在今天成为中国人民反日抗战的主要支点，使各游击队成为今天最好的抗日军队之一部。这是中国人民一个极可宝贵的胜利。"

闽东三年游击战争[*]

叶 飞

1932 年下半年，中共福州中心市委派我到闽东地区巡视工作。以后，从 1933 年到 1937 年，我一直在闽东进行革命斗争，其中包括闽东三年游击战争。闽东地区地处福建省东北部，包括福安、霞浦、宁德、福鼎、寿宁、周宁、柘荣、连江、罗源等县，以后又发展到古田、屏南等地。闽东苏区是在农民运动的基础上发展起来的。1934 年 2 月，闽东苏维埃政府成立，闽东苏区形成。1935 年 1 月，国民党军对闽东大举进攻，苏区大部被敌占领。从此，转入了艰苦的游击战争。

1934 年 8 月，红军北上抗日先遣队逼近福州北郊的大、小北岭，袭击城郊王庄机场，威逼福州，经过一个昼夜的强攻，占领了敌军一些阵地和城西关的主要街道，但未能攻克

---

[*] 本文节选自《坚持闽东三年游击战争》，收录时做了适当修改。

10

福州，遂向闽东转移。进入闽东地区后，在连江独立十三团配合下，打开罗源县城，继续北趋宁德。我带闽东独立二团赶到赤溪，与他们胜利会师。在军团部，见到中央代表曾洪易（后叛变），并会见了军团长寻淮洲、政治委员乐少华、参谋长粟裕、政治部主任刘英等同志。他们听取我们汇报闽东情况后表示赞许，并向我们提出：河东的党政工作已有统一领导，应该建立一支主力部队。我问他们有什么困难需要我们帮助解决时，寻淮洲同志告诉我们：离开根据地，长途跋涉转战千里，兵员补充缺乏来源，伤病员也无法安置，确实有很大困难。我便主动问道："你们要不要补充新兵?"寻淮洲同志颇为吃惊地问我："你们有办法吗?"我说："别的办法没有。苏区嘛，群众起来了嘛，这个行。你们要补多少新兵?"寻淮洲同志考虑了一下，问："300名行不行?"我说："行，你们是有枪没有人，不像我们是有人没枪。"寻淮洲同志又考虑一下，问道："500名行不行? 最好能有1000名，能不能在三天之内动员好送到部队?"我说："行，不要说1000名，3000名都行。就是时间要长一点，总要一个星期吧。"随后，闽东独立二团配合北上抗日先遣队打开穆阳后，筹集了30000现洋和50多担烟土。停留三天后，红七军团接收了我们动员来的1000多名翻身农民参军。因为敌四十七师尾随追来，北上抗日先遣队即离开穆阳，向闽浙边政和、庆元方向转移。红七军团北去后，还有1000多名翻身农民已经集中，参加红军的热情很高，却追赶不上他们了。闽东特委认为，既然把新兵动员起来了，解散回家是要泄气的，不如根据寻淮洲同志的建议，将其补充到部队，建立一支主力部队。

红七军团离开时，留下了100多名伤病员，里面团、营、连、排干部都有，给了我们一笔宝贵财富；他们又将罗源战斗所缴获的枪支交给连江独立十三团，多余的百余支步枪交给闽东独立二团。有枪有兵有干部，成立主力部队的条件已经具备。

9月，我亲自到连江带领独立十三团到达宁德桃花溪地区，随后福安的独立二团、寿宁独立营也开到桃花溪集中。于是在宁德桃花溪地区著名古刹天柱寺宣布成立中国工农红军闽东独立师，辖3个团，以福安独立团为第一团，以连江独立团为第二团，以寿宁独立营为第三团。师长冯品泰，副师长赖金彪，我任政治委员。

独立师成立后，立即向咸村、周宁挺进。在半个月中，消灭民团数处，缴枪200余支，开辟了周宁、寿宁、政和边界的新苏区，掀起了新的革命热潮。

1935年1月，敌人分四路向闽东苏区进行"围剿"，这是闽东地区坚持三年游击战争的开始。

由于一直没有和党中央取得联系，闽东党不了解中央红军长征和北上抗日先遣队失败的情况，因而对战局的变化没有准备，直到敌人一切部署就绪，大举逼近时，我们才发觉。这时，敌八十七师已经进驻连江，派舰艇封锁了东冲海面，切断了罗源、连江地区和特委的联系，使连、罗地区陷入孤立境地。敌又以2个旅和1个多团的兵力，包围了霞浦苏区。寿宁苏区也遭到敌刘珍年师的进攻。独立师在闽东苏区中心福安陷于敌军重重包围之中，情况非常严重。在这种情况下，闽东特委在福安洋面山上召开了紧急会议讨论对策。这是闽东坚持三年游击战争的一次重要会议。

闽东特委紧急会议由我主持，闽东特委代理书记詹如柏、闽东苏维埃主席马立峰、独立师师长冯品泰、副师长赖金彪、政治部主任叶秀蕃等出席了会议。我们当时都缺乏经验，在如何对付敌人的大举进攻问题上，发生了激烈的争论。

会议上，主要的意见分歧有两种。一种是詹如柏等地方同志，主张无论如何要保卫苏区，提出"和苏区共存亡，与敌人决一死战"的口号；另一种是独立师同志的意见。他们说："在敌人这样大举进攻面前，和敌人硬拼一定会失败。"

当时，我也没有什么经验，但是不赞成提出和苏区共存亡，与敌人决一死战的口号。我懂得一条，只有保存了有生力量，保存了独立师，才能坚持斗争；如果独立师被消灭了，闽东苏区就会垮台。

特委会议开了一夜，还未取得一致意见。争论到最后，我说："留得青山在，不怕没柴烧。"这是我们喜欢讲的一句话。我说："苏区当然要保卫，但跟苏区共存亡、决一死战是不对的，这样保卫不了苏区。我们应该主动把苏区变成游击区，用游击战争对付敌人，才能不被敌人消灭。地方被敌人占领，我们上山嘛。把苏区变成游击区，无非是回到我们以前那个局面嘛。只有这样，我们才能坚持斗争，敌人拿我们没有办法。这个道理大家都懂得，都有经验。现在敌人已经把我们围住了，死拼，和苏区共存亡，那不是正好被敌人一网打尽？独立师要不要和敌人打一下呢？要和敌人打一下，不打就跑掉不好，群众会有意见，但要好好研究打的方法。我们不能硬拼，要保存自己，给敌人一个打击就行。"对这个意见，地方同志同意了，独立师同志也同意了，分歧的意见取得一致，当即做出决定：独立师给进攻的敌人一个打击之后，即转移到苏区外围，开展游击战争，开辟新的游击区，以支持和配合苏区坚持斗争。苏区被敌人占领，党政机关和地方武装（县独立营、区中队）在原地坚持，上山打游击，把苏区变为游击区。

特委紧急会议结束之后，特委负责同志詹如柏、马立峰等即分赴各地传达、部署。

第二天，独立师即在福安东区洋面后面的西竹岔同敌新十师展开作战，由西竹岔一直打到楮坪。激战终日，敌人伤亡很大，但我军伤亡也不小。这是独立师成立以来进行的最大一次战斗，给了深入苏区的敌人一个迎头痛击。

独立师打了这一仗后，当晚即由楮坪经福安上白石附近（福安和浙江泰顺交界处）转移到寿宁地区。到达寿宁的三岔岭，正是下午三四点钟光景。突然队伍前后枪声大作，原来是中了敌人的埋伏，副师长赖金彪同志牺牲。当晚突破包围，退到政和，又转到周墩（今属宁德市周宁县），最后转移到宁德的杨梅岔。这时，独立师只剩下500多人了。但是主力保存了下来，跳到苏区外围宁（德）屏（南）古（田）边区开展游击战争。

独立师一突围，敌人采取了"分兵清剿"的战术。对根据地人民则采取毒辣的"五光"政策，烧杀抢掠、移民并村。我们地方工作同志没有做好准备，受到很大的摧残。这时，剩下的根据地被敌人分割为三块：宁屏古、福安、寿宁地区和霞浦地区、福鼎地区。

这时，闽东遭受了一次痛心的损失，那就是苏维埃政府主席马立峰、副主席叶秀蕃、特委代理书记詹如柏等同志牺牲。另外，原福安中心县委委员施霖同志在霞浦被捕就义……主要领导干部的牺牲，加上敌人的破坏，闽东苏区全部陷入敌手，各县的游击武装与上级的联系都中断了。这是闽东斗争形势最危急最困难的时期。

1935 年三四月间，敌人占领了闽东苏区的广大村镇，杀害了一批知名的群众领袖，收罗了一伙叛徒，扶植了一批反动民团，编好了保甲，地主豪绅还乡又作威作福欺压劳苦人民。他们以为革命力量已经消灭，"清剿"任务已经完成，敌军兵力遂逐渐撤出苏区。于是，独立师抓住这个时机，返回苏区进行反攻。

闽东独立师首先同在福安、宁德边区坚持斗争的阮英平同志会合。留下一支纵队在宁屏古地区活动,主力向苏区挺进。独立师主力返回苏区的消息传开后,群众斗争情绪高涨,纷纷下山,摧毁敌人据点,恢复工作。

1935 年 5 月底,在寿宁含溪重建闽东特委,我为书记,阮英平、范式人、许旺为委员。8 月,在柘洋楮坪召开会议,充实健全特委组织机构,我仍任书记,组织部部长是阮英平同志,宣传部部长是范式人同志,委员有许旺、郑宗毓、陈挺等同志。根据当时各个地区被分割的情况,特委决定下设四个办事处,统一领导各地的斗争。并决定把独立师分为 3 支纵队,以纵队为单位在各个地区活动,恢复和开辟地方工作。苏区时期的根据地大都在平原地区,这时候的根据地则大都是在山上,在两县或数县边区、两省交界的地区。

根据当时的形势和敌情,我们把地方部队分成几十人、百把人不等的许多小的作战单位,经常到敌军驻地去骚扰敌人,同时做群众工作;待敌人疲惫并被迫分散后,独立师就迅速集中兵力歼灭敌人。由于我们采取了灵活的游击战术,并得到群众的支持,因而常常出奇制胜。

特委会议后,我带着一纵队去霞鼎地区与许旺同志会合。敌浙江保安旅自恃武器精良,加之没有发现我们主力部队前去,以一个加强连妄图袭击许旺同志的游击武装。我们根据情报,决定在敌人必经的枫岔头设伏歼灭该敌。我们在拂晓前悄悄运动到枫岔头埋伏起来。天亮以后,敌人果然从东南方向过来了。等他们进入我军埋伏地带，发出攻击信号，两侧山上所有武器都开了火。敌人顿时大乱，倒下了一片，活着的乱打着枪，朝来路逃跑。我们截断了敌人退路，迎头痛击。不到一个钟头，敌人便全部被歼，缴获百余支枪。这一胜利，对鼓舞群众信心、恢复和发展根据地起了很大作用。

我独立师主力在霞鼎地区大捷之后，乘胜扩大战果。我和陈挺同志又率独立师特务排40余人，化装成划船的、挑柴的，奇袭了福鼎港口重镇沙埕，全部消灭了该地警察局守敌，占领了沙埕一带，给敌人很大震动。郑宗毓同志率领鼎平独立团在闽浙边的福鼎、泰顺、平阳地区积极发展，建立了鼎（福鼎）平（平阳）地区新的游击根据地。

从此，闽东各块根据地的武装，都开始积极活动，灵活地打击敌人，取得了不少胜利。

停战谈判

1937年卢沟桥事变后，我们正式向国民党当局提出"停止内战，一致抗日"的要求，向福建省政府、闽东各县政府发出了油印信。闽东党和福建国民党当局的谈判经过复杂的斗争，终于取得了胜利。

我在南昌接受了新四军军部命令，部队开到屏南集中，改编为国民革命军新编第四军第三支队第六团，任命我为团长，阮英平同志为副团长，全团 1300 多人，开到屏南县城集中。1938 年 2 月 14 日，我们奉命离开了战斗多年的闽东，踏上抗日征途，留下范式人同志在闽东坚持斗争。

紫山突围[*]

杨道明

1934 年 5 月，我被调任中央政府内务部副部长。其间，曾十多次参加毛泽东、刘少奇、朱德、邓子恢、瞿秋白、何叔衡等同志召集的会议，同他们一道讨论扩红、经济、土地、生产、教育等问题。

1934 年农历八月初的一天，毛泽东主席和人民委员会张闻天主席找我谈话，通知我说，中央决定调我去闽赣省苏维埃政府任主席。我对毛主席、张闻天说："我年纪轻、文化低，参加革命的经历也不算长，一下子要调去闽赣省当苏维埃主席，恐难胜此重任，请求另调他人。"毛主席鼓励我说："你是一个实干的同志，富有实际的工作经验和办事能力。只要能够执行党的指示，又能密切联系群众，事情总会办好的。不要紧，你去好好锻炼。"最后他又补充一句：

---

* 本文节选自《忆闽赣省苏区的后期斗争》，收录时做了适当修改。

"工农的政权，需要工农自己来掌呀！"张闻天同志也一再地鼓励我不要害怕工作的困难，"路总是人走出来的！"听了中央领导的话后，我想这是中央对我的信任，是十分光荣的事情，也就不再推辞，服从了中央的决定。出发时，中央政府派了四五个警卫员，从瑞金一直把我安全护送抵达闽赣省委驻地——福建宁化县。我去闽赣苏区之前，闽赣省委书记、省军区司令员、省苏维埃主席，由邵式平同志一人"身兼三职"。现在，邵式平同志要调回中央工作。

我到了宁化，邵式平同志尚未走，我当即向他报到，他向我办了移交手续后，就派人送我到省苏政府驻地。宁化，当时县城破烂不堪。一条清溪，流贯城区，溪河上一座拱桥连贯左右的交通，过了桥，去中沙的大路边有一座大民房，驻扎着省苏政府机关，不远处是省总工会。省委、军区、"肃反"委员会均在溪的左边。省保卫局设在古塔不远处。由于王明路线"肃反"扩大化政策的影响，闽赣苏区乱捕乱杀的现象十分严重，为此，项英、张闻天曾找邵式平同志谈话，邵做了检查，认识了错误。我去之后不久，把有的领导做了调换，省委又做出规定，死刑判决不仅需经"肃反"委员会五位领导成员签名盖章，还要有确切证据，才能批准。此后，乱捕乱杀现象基本得到制止。

我到闽赣苏区后，第五次反"围剿"节节失利，闽赣苏区只剩下宁化、清流、归化三个县，还有县、区、乡苏政权。彭湃县、太雷县仍在继续工作，建宁、泰宁、蕉溪已被敌人占领。泉上"兵临城下"，随时有被敌人占领的可能。就是宁化县城，潜藏特务也常在夜间出动骚扰。由于前期执行了过"左"政策，宁化县城的老百姓已逃跑了很多，城区商业萧条，私人无法营业，全城只有两三家合作社，卖些普通货物，而火柴、食盐、煤油等生活必需品根本看不到。

那个年代，斗争十分残酷，生活也是十分艰苦的。我们每人每天一斤大米、八分钱菜金，从省委书记、省苏主席到一般工作人员，概莫例外，毫无特殊。为了每月节省几角钱给大家做"伙食尾子"（不少党员还要靠"伙食尾子"交纳党费），我常常交代总务人员伙食要量入为出，每天要节省一二文钱，月底才会有"伙食尾子"分给大家。因此每天吃菜不放油盐，生活十分艰苦。然而，大家都能理解，不发牢骚，不说怪话，依然团结革命，斗志高昂。

1934 年 10 月，敌五十二师 9000 余人对闽赣苏区展开大"围剿"。闽赣苏区仅掌握十二、十七、十八、十九团，在人员数量、武器装备质量上，与敌相比，力量相差悬殊。为了保存实力，我们采取游击战术，"敌进我退"，打有把握之战，不打无准备之仗。

12 月，清流县失守。我们各机关即撤离宁化城关，这时省委、省苏、各群团机关，一概编入部队，组织了一个省委工作团。后来省委工作团的多数同志也补充到部队上去了，工作团就没有剩下多少人了。

从宁化撤出，走店上、湖村、泉上就转到水茜棠地。在棠地由于对敌情未侦察清楚，被从宁化追来的敌人伏击，有两位女同志不幸被俘。

棠地战斗之后，我们转移到了彭湃县，这里的县苏维埃政府组织还在。我们到张坊已是 1934 年底，稍事休整几天，这时候，接到中央分局发来的电报：任命钟循仁为闽赣省委书记兼军区政委，调赖昌祚同志回瑞金，并通知我们派人到隘前去接钟书记。于是我们就向瑞金方向出发，奉命前往隘前。我们在封锁线边沿接到钟循仁等 30 多名同志。

从那时起，部队的行军路线和战斗计划，都是由钟书记同军区几位领导人决定的。

这时游击战争已经进入紧张艰难的状态之中了。我们先是在宁化、建宁和江西边境游击，活动了一个时期，就向闽中方向出发，沿途边打边撤，夜行昼伏，部队损失不小。在路经顺昌时的一天清晨，部队刚吃过早饭准备行军，敌人就追上来了。我们部队是驻扎在一条溪水的两边，由于敌人的突然袭击，忙着应战，两边队伍集合不起来，就这样边打边撤，结果军区的一个团就这样分散了。后来这个团同福建省红军游击队联系上了，得以保存下来，这也是闽赣革命根据地得以保存下来的唯一的一支队伍。部队分散后，军区曾派人到处寻找，但没有结果，只好继续向沙县、龙溪进发。整个队伍，只剩下省委工作团和省军区一个团，约 300 人。

自宁化撤离出来后，只在顺昌元坑打了一个小胜仗，歼灭十多个敌人，另在途中打了一个小胜仗，其他都是处在被动挨打的局面，损失极大。

1935 年农历四月初，部队来到德化、永泰交界的伏口，渡过大樟溪河，上了紫山，紫山一过便是平原了。部队到紫山后，被惊动了的德化、仙游、永泰三县民团配合国民党保安团追上来，把紫山重重包围了。德化来的是土匪，仙游来的是国民党正规军保安团，永泰来的是民团。

第二天早上，仙游保安团派了一名自称姓陈的便衣特务前来活动。此人狗胆不小，哨兵发现后不准他前进一步，否则开枪。他死皮赖脸，口口声声说要见军区的首脑。哨兵请示："来了一个便衣，可不可以放进来？"司令部马上有人答话："可以放进来！"这个特务进山后，省军区司令员宋清泉、军区参谋长徐江汉同他密谈了一夜。第二天早上，军区司令部派了一个叫杨良生的跟着那特务下山，我感到十分震惊，而且可能会带来很大的危害，就气愤地质问政治部主任彭祜："彭主任，怎么搞的？你们派了人去仙游，是不是想投降呀？"彭祜连忙矢口否认，他说只是应付一下，还说这是司令部的决定。我一听，气坏了，捶胸顿脚，大声质问："应付一下？这样大的事情，省委、省政府都不知道。难道司令部就可以决定？连军区钟政委都没参加。你们到底想干什么？你们想是怎么个应付法呀？"彭祜当然不会解释清楚，便支支吾吾敷衍道："没有什么大事情，随便去一下就是了。"

省委书记钟循仁知道情况后，感到事态严重，情况十分危急。他心里很着急。我同他交换意见后，当即决定，并命令部队马上向山顶转移。随着集合哨声之后，部队出发行军，钟循仁一路做报告，讲形势讲前途，讲中央对我们的指示和希望。一歇下来就又召开干部大会，出席的有省苏主席我、军区司令员宋清泉、政治部主任彭祐、参谋长徐江汉、政治保卫局局长陈长青、工会委员长、省苏妇女干部张和凤及其他干部、随员。钟循仁在会上做报告，观点明朗，教育和鼓励大家同舟共济，不能动摇，绝不允许投降，要打到最后一人一枪。他要求大家，在目前形势下，特别是领导干部绝不能辜负党中央的期望，不能随便动摇，我们应该把斗争进行到底。

会议开得没有结果，主要矛头指向宋清泉派杨良生和敌人接头这件事，尖锐地指出这是违背纪律的行为。如此重大事情，未经省委省苏同意，擅自决定，这是违背组织的行动，会议批评省军区是很明确的，而徐、宋、彭他们是当事人，都一言不发，保持缄默，所以会议不欢而散。会是一边行军一边开的。会开完后，到达了紫山山顶，山顶上稀稀疏疏有几栋空房子。有一条路是通往德化的。

这是关键的一个夜晚。山脚下传来几声沉闷的枪声，侦察员判断是永泰的民团已经到达了山脚下。居心叵测的宋清泉他们有意识地把省委、省苏及省委工作团人员，安排在离他们很远又很偏僻的地方住宿。

到了山顶，钟循仁还想挽回局势，尽力说服他们放弃投降的主张，再一次主持召开主要领导人会议。钟循仁言辞锋利，情绪激动，晓以利弊，指出投降是没有出路的。

我接着他的发言，补充道："我们的游击战争一定要按照中央分局最后一份电报办事，一定要服从党的决定，把游击战争坚持下去，决不能与中央离心离德，去做蝇营狗苟的坏事。一句话，绝对不能脱离党！"

宋清泉沉不住气，马上起身诘问我："现在还要听党的话？我的司令员怎么当？"言下之意，他要摆脱省委的领导。

好几位同志马上站在党的立场上，旗帜鲜明地反驳他的观点。矛盾很快被激化，大有一触即发之势，幸亏钟循仁立即制止这场舌战，局势得以缓和。否则，很可能当场就要发生开枪自相残杀的情况。

翌日下午，一个国民党军官模样的人，带着两名卫兵，抬着一头大肥猪，又上山来了。这时杨良生还没有回来。这件事情又被我们发现了。钟书记说："国民党又来诱降了，连慰劳品也带上山来了，这下情况更糟！"于是他又召集开会，宋清泉、徐江汉、彭祐、我和肃委会主任陈长青都参加。会上，宋、徐、彭一言不发，任凭你怎样批评，他们就是沉默，你讲你的，我想我的。由于他们的抵触，又一次不欢而散。

第三天早晨，七八点钟了，太阳从山头升起来了。村子里冷冷清清。我们起床后发现部队不见了。警卫员说炊事员也在昨晚跑了。他们去哪里了呢？原来宋清泉、徐江汉在夜里擅自把队伍带下山叛变投敌了。山上只剩下省委工作团和一些掉队的战士，合在一起，总共才二三十人。这时，彭祜带了老婆江翠英、两个警卫员，到我们省委工作团驻地来了。彭祜在我们处看了看，待了一会儿，没讲什么话，就起身沿着山的脊梁坡走了。大概他们也下山叛变投敌了。

省一级领导干部只有我和陈长青了。陈还是有点打游击的经验，于是，我就同他商量怎么办。决定派一名同志去永泰方向侦察情况，因为德化土匪多，走不得。仙游更不行，宋、徐、彭拉着部队是朝这个方向去投敌的，唯有永泰才是我们突围的方向。后来，侦察员回来报告说：永泰的国民党保安团还驻扎在山下，有几百人。于是我们决定乘夜间突围。

晚上，我们就从紫山突围出去了。在突围途中，我身上带着"闽赣省苏维埃政府"木质圆印、党费证及第二次全国苏维埃代表大会代表证，这三件是说明我重要身份的东西，都给塞进草丛中藏了起来。山高夜黑，只有天空几点星光，闪烁摇动，照映着这林青茂密的山径，我们一步紧一步地向前赶路，晨光熹微时，队伍来到伏口玉湖的一座大山里。这时天亮了，我们就隐蔽在树林里，白天我们还看到国民党部队往紫山开去，晚上我们乘天黑从山上摸到山脚，向一家老百姓买了一点地瓜充饥。我们已经两天没吃东西了，同时还拿出一些钱，恳求这位老百姓给我们带路。他人很好，就答应了。

过玉湖要渡过大樟溪，我们分两批过，没想到溪边有座民团的碉堡。在我们刚刚渡河时，就被他们发现了，拼命地朝我们打枪，队伍又被冲散了。我和陈长青等几位同志一起冲出来，当时有两个同志大腿负伤，他们后来一瘸一拐地带着伤，走到嵩口湖后村农民张枝章的家中，由张带他们在山沟丛林深处，搭了个棚子安顿下来，设法将他们的腿伤治愈，后来和这家农户挥泪而别，返回家乡。

我们一行七人冲出来后，隐蔽在玉湖至东坡间的一座大山里，后到月朋山上又隐蔽了几天，再走到小白岩。这时，陈长青等五位同志说，他们要回赣东家乡去。我和黄家法（钟循仁）是兴国人，在家乡都是出了名的共产党员，敌人早已占领我的家乡，我们是无家可归。于是，我和黄家法来到秋垄九座寺，经妙智法师介绍我们去闇亭寺。因为我们问路不会讲本地话，被群众误认作土匪而追打。我和黄家法又被冲散。第二天，我独身来到长庆梅楼坑里村，由农民王学升带我到闇亭寺。这时已是 1935 年农历四月十八。黄家法比我迟来一天，当时闇亭寺里的和尚来自四面八方，会说普通话，他们胆子也大，就把我们收留下来，招呼食宿。

后来，陶铸支队派两个便衣到寺庙中找我，因我已改姓隐名，化名为谢长生，寺中长老把他们误以为是国民党的便衣，便以寺院中"没有外地人"的谎话，把他们打发走了，以后就再也无法取得联系了。

恢复与巩固福寿岗垄根据地[*]

许　威

　　福建省寿宁县地处山区，山峦起伏，山高岭峻，交通不便，与浙江省的泰顺、庆元县毗邻。闽东革命高潮时期，这里普遍成立区、乡苏维埃政权，是闽东革命根据地的一个重要地区。

　　1934 年冬，敌人重兵进攻闽东，福安县首当其冲，形势十分严峻。这时，范式人和叶秀蕃在福安生病了。范义生派我将他们带回寿宁养病。我接受任务后，找到叶飞、范式人、叶秀蕃等同志，把范式人、叶秀蕃带回寿宁官宅好坑治病。范式人、叶秀蕃等同志一面隐蔽在岗垄一带养病，一面组织我们深入各地帮助群众疏散隐蔽、坚壁清野，联络在敌人大规模"清剿"中失散的游击队队员，把他们重新组织起来，坚持斗争。

---

　　* 本文节选自《福寿岗垄根据地的恢复与巩固》，收录时做了适当修改。

1935年春，福寿地区的斗争形势逐渐有所好转。在范式人、叶秀蕃同志领导下，着手恢复、重建党组织。首先在官宅重建了以叶阿桂为首的党支部，接着又在含溪周围的麻竹宅、南山下等村建立了一批基层党组织，在此基础上，把含溪区委恢复起来了。同时派出交通员，四处寻找叶飞同志和闽东独立师。

4月，叶飞同志带着独立师队伍和企图变节投敌的独立师师长冯品泰，由宁德来到根据地，在官宅与叶秀蕃、范式人同志会合。叶飞、叶秀蕃、范式人代表特委和苏维埃政府审问了冯品泰，并做出了决定，将他就地处决。然后，叶飞同志把独立师二团留下交给范式人、范义生同志率领，他自己带着一团和师部特务队转到霞（浦）（福）鼎根据地去了。

含溪区委恢复不久，又扩建为中心区委，形成了岗垄斗争的核心。区委当即在含溪召开了福寿县含溪中心区贫农团代表会，选举成立了中心区苏维埃政府。

5月，叶飞、范式人、阮英平、许旺等在含溪举行会议，重建了闽东特委，并确定了"对内恢复老区，对外开辟新区"的方针。为加强老区恢复工作的领导，特委还在岗垄甲坑设立"特委福寿苏区办事处"，范式人同志任书记。这年秋天，设在福安北区的福寿县委机关迁到了岗垄含溪，并改为福寿中心县委。在特委苏区办事处和福寿中心县委领导下，以岗垄为中心的福寿游击根据地恢复发展很快，先后在岗垄及其周围区域恢复和重建了9个区委、区苏维埃政府和

38个党支部。同时，还成立了青年团福寿第一区区委。至1936年冬，岗垄地区的乡、村团支部就建了20多个，团员发展到100多人，其他像贫农团、妇女会、少先队、劳动童子团等群众组织，也建立健全起来了。

为了进一步巩固根据地，特委办事处还指示含溪中心区委，开展"肃反"斗争。同时，在郑家坑设立后方办事处，建起了修枪厂、军服厂、"土豪厂"、医疗所，负责起红军弹药、给养的供应及伤病员的医疗任务。

当时，闽东游击战争是非常艰苦的，大小战斗相当频繁，红军游击队的枪弹和军费开支都要依靠后方根据地供应，因而，"努力筹财政，支援红军"便成为岗垄人民的首要任务。我记得当时特委办事处采取的是抓土豪、筹财政的办法。其中，山诸清村政府是完成任务最出色的单位，经常受到特委寿宁办事处和福寿县委的表扬。

但是，光靠抓土豪筹财政是不能完全解决经济来源和困难的，更主要的是要组织群众发展生产，促进商业往来，增加财政收入。

这时，特委办事处和中心县委在商业政策和财经开支方面又做出了一些新的规定，采取了一些有效措施。这样一来，偏僻的甲坑一带骤然出现了一个小街市。农民群众因为有了土地，在党组织和游击队的帮助保护下也开始积极发展生产，满足了根据地人民和红军游击队的物质需要。

由于红军独立师经常在苏区外线打击敌人，开辟新区，保卫岗垄根据地的任务就由我们游击队承担。自福寿县委成立后，就建立了县游击队，当时我担任队长，我们采取分散游击活动，以保卫岗垄苏区。

在分田前夕，县委掌握有第七、九支队，各有二三十人。对这两支队伍，当时在特委办事处给福寿县委的信中，认为"这两个支队如果搞得好，比一个独立营还有力量，因为游击队小，行动便捷，可到处骚扰截击敌人，均有相当把握"。分田后，群众便纷纷地参加游击武装，保卫自己的胜利果实，因而先后又增编了每队三五十人的第十六、二十一等十多支游击支队。但是，在敌人经常来犯的形势下，这些武装力量仍嫌不足，因而福寿县委又着手重新发动组织红带会，在社坑、含溪重设红带坛，发展有200多个红带队队员，集中训练，作为地方武装，保卫岗垄。

1936年夏季，形势又紧张了，叶飞同志来寿宁，把寿宁的游击队、红带会、赤卫队等1000多人编为福寿游击司令部，叶飞同志委任我为司令。

福寿游击司令部组建不久，就配合闽东独立师第一纵队打了个漂亮的仙宫岗伏击战。1936年八九月间，叶飞同志指派陈挺、詹金书等同志率领闽东独立师第一纵队200多人到寿宁找范式人同志研究工作。敌人闻讯出动了600多人，分两路向岗垄地区进犯，情况十分紧急。纵队和游击队领导在南山村召开了紧急军事会议。会议研究和部署了作战计划，决定在敌人的必由之路——南山下、富家村至含溪路上的隘口仙宫岗伏击敌人。

8月21日上午9点左右，由纵队长陈挺带一部分部队埋伏在仙宫岗关帝庙后门山上的树林里，政委詹金书带一部分部队埋伏在麻竹宅水尾岗，从东西两面夹击敌人，把敌人赶到富家村田洋垱，然后集中力量，聚而歼之。泰南游击队指导员龚恒如率领的泰南游击队和我带领的福寿中心县的游击队则担负把口的任务，阻击突围的敌人。

次日上午7点钟左右战斗打响，10点钟，敌人进入我军埋伏圈，被陈挺同志率领的部队猛烈攻击后，惊恐万分，在田洋垱几挺机枪火力的掩护下，分几路突击逃窜，正好冲向我们游击队扼守的隘口。

有200多人的一股敌军刚冲到我们游击队扼守的富家村去甲坑的山道隘口，就被龚恒如同志率领的游击队一顿手榴弹炸得像潮水般地退了下去。山坡上顿时丢下了十多具敌尸。龚恒如同志见敌人溃退了，立即率领战士们跃出掩体，一边射击，一边呐喊，朝着敌人追去，原先隐蔽在树林里、山洞中的根据地群众这时也纷纷跑出来为我军呐喊助威。有一部分群众尾随游击队追击敌人。敌人见漫山遍野都是红军的人，逃得更快了，顾头不顾尾地把枪支弹药和抢来的东西丢得到处都是。敌人没命地朝含溪方向逃去，到了石板桥，乱作一团抢着过桥，因而有许多人被挤落桥下，有的被淹死了，有的则被我军俘虏了，有一部分敌人见一时过不了桥，就沿着溪边小路向上游跑去，过了桥的敌人则纷纷向含溪豺狗岔逃窜。

我们部队刚要追击时，敌人的增援部队从寿宁城关和南阳向岗坪墩方向开来，并以重机枪架在陈家宅后门山上向我军扫射过来，我军追击部队受阻。这时天色已黑，便停止了追击，敌人援军也不敢贸然进攻。范式人同志就命令部队全部撤回甲坑村，战斗结束。

仙宫岗战斗后，我一直坚持在寿宁山区，带领游击队配合闽东独立师保卫岗垄根据地。后来还负责闽东红军后方办事处工作。1938年初，新四军六团改编组建时，我被任命为该团军需主任，随团北上抗日。

组建红四团[*]

许志春

1934 年仲秋，国民党调集大批反动军队，对闽东实行大规模军事"清剿"，霞鼎苏区处于敌人的包围之中。我在霞鼎警备连当通信员，亲身经历了霞鼎苏区的反"清剿"斗争和闽东地区艰苦卓绝的三年游击战争。

1934 年 9 月，国民党军七十八师四六五团邓经儒部进驻霞浦。先后在盐田、崇儒、水门、牙城等地交通道口、军事要地构筑炮楼 26 座，分兵"驻剿"。为粉碎敌人的阴谋，中共霞鼎县委在霞浦上西区董墩村大园坪召开了 2000 余人的保卫秋收斗争动员大会。

会后，霞鼎苏区各乡村道口架起了"石垒"、木头滚柱等，儿童团团员站岗放哨，盘查行人，村赤卫队磨刀擦枪，日夜守备，保护群众抢收稻谷。我们警备连随县委机关人员

---

* 本文原标题为《红四团组建前后》，收录时做了适当修改。

转移到柏洋西北的西坑一带，分班分组配合县委县苏干部到苏区重点村柏洋、陈墩、东坡等地，发动群众，坚壁清野，帮助群众将家具、衣服、粮食等物件藏于秘密岩洞或森林中。

10月2日晚饭后，连长韦步增挑选了30多名精明强悍的战士，组成一个战斗小组，冒着秋雨，向西急行军60里路，下半夜到达牙城后山，袭击了督建炮楼的敌兵一个班。速战速决，不到半小时就全歼守敌。后山战斗后几天，我们接连又打了几场小战斗，抓了上万、东坡、溪西、牙城、水门等地方的几个还乡地主，派了款，教训一顿后便将他们释放，灭了他们反攻倒算的嚣张气焰，狠狠地打击了敌人，坚定了苏区人民反"围剿"斗争的信心。

不久，国民党又增派部队"进剿"霞鼎苏区。国民党反动派吸取了以往的经验教训，采取软硬兼施、步步为营的伎俩。妄图一举荡平霞鼎苏区。他们以霞浦城关为大本营，在柏洋、上万、东坡、宅中、山樟、桃坑、王高店、盐田、水门、牙城等地建立据点，分兵几个连或几个班排驻守，强迫群众修建炮楼，并架起有线电话，构成严密的军事封锁线，一方有事，八方呼应，实行拉锯式的"清剿"。另一方面，小村并大村，编造"户口"，发"良民证"，实行"连坐切结"。敌人的大肆进攻和经济封锁，占领了霞鼎苏区大部地区，大村小村几乎都驻扎了敌人，主要道路都被封锁，根据地范围日渐缩小，我们的活动地区仅剩柏洋西北的西坑、暗井、宅中、上泥一带。

由于敌众我寡，为了保存实力，减少伤亡，我们尽量避免与敌正面交锋，只好白天分散隐蔽在山中，夜晚出来活动。有时我们刚接近村边，就被巡逻的义勇队发现。10 月16 日下半夜，我们刚到宅中村就遭到敌七十八师 1 个营的包围，县委委员刘招道同志为掩护县委机关人员突围，率队阻击，英勇牺牲。

由于敌人的围追阻截，我们一天到晚没有一个固定的安身之处，整天与敌人在山里转。我们与闽东特委和群众失去联系，几次派人出山探听，大多被敌捉捕，消息全无。由于敌人的封锁和"追剿"，山上缺衣少粮，天气渐冷，有时一些群众冒着杀头的危险，将自己省吃俭用或几家拼凑在一起的粮食、食盐、小鱼干等藏在竹扦担或竹茶筒里带上山来。我们将这些难得的"稀世珍品"留给伤病员。山里缺医少药，受伤带病的战士得不到很好的治疗，伤口肿胀化脓，臭不可闻。行军打仗，尽管我们互相照顾，身体好的背着伤病员，轻伤员照顾重伤员。可是，在这种非常恶劣的环境里，病死、饿死的非战斗减员还是常有发生。

为适应形势的急剧变化，更有效地消灭敌人，10 月23日上午，霞鼎县委主要领导人郑宗毓、许旺、董长铃等在柏洋大洞风山里，认真分析了敌我双方情况，一致认为在当前敌强我弱的情况下，不能与敌人硬拼，应该保存实力，摆脱困境，冲出敌包围圈，变苏区为游击区，沟通霞鼎与闽东各根据地以及浙南根据地的联系，扩大根据地范围，粉碎敌人的"清剿"。下午，所有县委工作人员、警备连、赤卫队近300人集合在树林里，县委领导许旺同志做了动员，讲清形势，要大家克服地方观念，顾全大局。"留得青山在，不怕没柴烧。"会后，将警备连、赤卫队编成灵活机动的游击队第七、八、九队。我随警备连编入第七队，当游击队队员。改编后，除新发展的第九队由县委直接领导，坚持在霞鼎地区开展游击活动外，第八队回福鼎山区开展活动，我们第七队则深入到闽浙边区打游击。

12月21日，我们返回霞鼎柘边区，在福鼎仙蒲与闽东独立师一团会合，消灭了仙蒲民团。不几天，独立师一团经福寿边区转战宁、屏、古，我们第七队回到了霞浦小竹湾，与许旺率领的县委机关人员以及第八、九支队会合。这时，许旺同志已是霞鼎县委书记，我们队长林良周向他汇报工作后，将伤病员安排在步竹红军后方医院治疗。

部队在这里进行了休整。1935年2月，我们第七、八支队又连续攻打了福鼎下岚亭和店下民团，鼓舞了群众，震慑了敌人。从这以后，游击队每到一个村都受到群众的拥护和欢迎，群众主动送粮、送草鞋，妇女为我们缝洗衣服，儿童们站岗放哨，村里的地主和坏分子也不敢抛头露面了，有的保长还为我们服务。

在许旺等同志的领导下，霞鼎根据地逐步得到了恢复和扩大。霞鼎游击队在敌人重兵的围追阻截和严密封锁下，紧紧地依靠党，依靠人民群众，在霞鼎地区坚持下来了。不但没有被敌人所消灭，而且队伍越战越强，并扩大到了近300人、80多支枪。

1935年春，我们霞鼎游击第七、八、九支队，在霞浦柏洋西坑改编为闽东工农红军独立师第四团，许旺同志任命吴基现同志为团长。红四团成立后，频频出击，壮大了声威，提高了士气。在红四团活动的重点地区，恢复和建立了基层党组织，贫农团、妇女会、儿童团等群众组织也相继发展，还建立了交通网络。

红四团的成立，同时也大大地惊动了敌人。不久，国民党反动派便经常出动整连整营的兵力向我们进攻，而且手段更加毒辣、残酷，烧、杀、抢，奸淫妇女，无恶不作。霎时间，霞鼎根据地硝烟弥漫，血雨腥风，人民重陷地狱，游击队的处境变得越来越困难了。为了做好下一步工作，许旺同志离开我们去寿宁寻找特委请示工作，红四团在吴基现同志的带领下，不得不采取一些应急措施：白天跟敌人在山里周旋，夜间骚扰驻敌。

在那些日子里，为了保存实力，等待上级指示，我们只好东藏西躲。战士们憋着一肚子气，纷纷要求和敌人痛痛快快地大干一场，即使死在战场也要出这口窝囊气。个别战士还悄悄地单独行动去找敌人算账。在这剑拔弩张、一触即发的紧要时刻，革命队伍面临着生死存亡的危急关头，许旺同志去寿宁汇报工作回到了大湾村，稳定了部队，并带来了闽东特委领导的指示：红军游击队的任务是宣传组织群众，打土豪筹款，"广泛开展游击战争"。并说特委领导听取工作汇报后，高度地赞扬了坚持在霞鼎地区开展游击战争的党政军干部战士，还说不久就要派人来。这个消息的确给了我们很大的鼓舞。

5月初，闽东独立师政委叶飞，率陈挺特务队30余人，在交通员的引导下，来到柘洋上后垄与红四团会合。当夜，部队拉到了大湾村。第二天上午，全体集合。许旺同志首先讲了话，给大家介绍了叶飞和陈挺同志。接着是叶飞同志讲话，他客观地评价了红四团。为加强红四团的领导，他宣布陈挺同志接任红四团团长。会后，部队在大湾村再次进行了整编：以原警备连做基础的二连为团主力连；另团部配有1个通信班。全团300多人，150余支枪。

红四团在大湾村整编后，部队进行了一个星期的军事训练。5月中旬，叶飞、许旺、陈挺同志率领独立师特务队和红四团，在福鼎桑园去仙蒲的枫岔头打了一场漂亮的伏击战。战斗中，我们二连长林良周同志不幸牺牲，后由林阿棉同志接任连长。

几天后，叶飞同志带特务队离开了我们。在福鼎龟洋与陈宝洲独立营会师，成立了红五团。许旺和陈挺同志率霞鼎中心县委工作人员和红四团仍坚持霞鼎柘边区活动，灵活运用伏击、夜袭等游击战术，伏击了云路洋和桃坑之敌，击毙敌连长以下40余人。敌人慌忙调集驻福安、霞浦、浙南的军队"围剿"我们。为了保存力量，甩掉敌军，5 月底的一天夜里，我们红四团由陈挺同志带领，与许旺同志和霞鼎中心县委工作人员分别，离开了霞鼎，南下向福霞边区经福寿边区向西转移到位于闽浙交界的寿、政、泰山区活动。

1935 年 8 月后，红四团在寿宁炭岔头改编为闽东独立师第二纵队，继续转战于闽浙边区，为坚持闽东三年游击战争做出了重大的贡献。

闽东独立师第三纵队游击战回忆[*]

陈文发

1935 年 5 月至 8 月，闽东独立师恢复到 600 余人，组编成 3 支纵队，阮英平率第三纵队。我是三纵队警卫班的副班长，我们警卫班随首长和纵队行动。三纵队纵队长沈冠国，政委缪英弟，纵队下辖 3 个支队，队部有通信班。三纵队主要活动于周墩、宁德、屏南、古田等地。

设伏萧家岭

1935 年 8 月间，闽东红军独立师兵分两路向紫云和汴头方向挺进，周墩独立营营长凌福顺率 1 个连为先头部队，叶飞、阮英平率独立师 200 余人随后跟进。清晨时分，凌福顺在萌源村受命回转端源村，执行筹款任务。此时，坐镇周墩的国民党福建省保安第八团陈崛部发现独立师行踪，穷追不

———————
＊ 本文原标题为《三纵队活动的片断回忆》，收录时做了适当修改。

舍，咬住不放，妄图一网打尽红军主力。叶飞、阮英平当即决定在敌必由之路——萧家岭设伏。

萧家岭，位于周墩城关西北六里处，依山靠溪，是周墩通往萌源、纯池的要隘，路口周围是茂密的树林，红军游击队凭借树林的掩护，占据有利地势，形成交叉火力网，只等敌人进入"墓地"。我们警卫班紧紧跟在阮英平身边，埋伏在萧家岭的制高点上。

东方才露出鱼肚白，300 多名保安团兵就气势汹汹地扑来了。敌人倚仗人多武器精良，更以为红军游击队不敢"鸡蛋碰石头"，傲气十足，以急行军的速度，一头钻进了"口袋"。

"打！"首长一声令下。

顿时，机枪声、步枪声、手榴弹爆炸声响成一片，敌人死的死、伤的伤，乱作一团。陈崐被这突如其来的神兵打得昏头昏脑，待他清醒过来时，已死伤多人。但陈崐毕竟是个老手，一阵混乱后，他又组织起人马，进行反扑。凌福顺刚抓到端源的土豪，萧家岭方向就传来了一阵紧似一阵的急骤枪声，他立即率队从萌源水尾庵旁的小路爬上萧家岭，带部队迅速绕到敌后路，狠狠打击敌人。保安团遭前后夹击，渐渐抵挡不住，陈崐这个狡猾的家伙见大势已去，趁着一片混乱夺路而逃，余部溃不成军。我军发起冲锋，敌四散逃命。

此次战斗，击毙敌连、排长各 1 名，打死打伤敌军 40

多名，缴枪 23 支、弹药 20 多箱，我红军取得了以少胜多的重大胜利。

歼敌后湾岔

1936 年 4 月的一天，闽东红军独立师一、三纵队从宁德县回到周墩芹太丘的陈家洋村休整，这里是一个只有 40 户人家的小山村，村周围山势挺拔险峻。

天刚蒙蒙亮，部队正在煮早饭，地下交通员从芹太丘赶来报告说，敌人从溪边、芹太丘方向来了。叶飞和阮英平立即同沈冠国等研究对策。叶飞判断：从芹太丘方向来的是从福安前来"清剿"的一部分国民党保安部队；从溪边方向来的是反动民团，这股民团气焰十分嚣张，专与红军作对。原来，敌兵分两路，保安团一个连已埋伏在咸格岭头的"后湾岔"，一个连紧紧跟踪红军游击队。为了给敌人一个打击，杀其嚣张气焰，首长们决定打一仗。

命令一下达，三纵队的战士们轻装上阵，迅速从陈家洋跑步经东坑到茶坪。突然，埋伏在后湾岔岭头上的敌军机枪向我军正面射来，红军游击队利用地形，当即兵分三路，一路在后打掩护，一路向后湾岔岭头的敌人正面进攻，以两三人为一个战斗小组向岭头的敌人开火。另一路从侧面冲过小河占领山头。阮英平命令机枪班掩护，"嗒嗒嗒……"机枪一响，岭头山上敌人的注意力被吸引过来，我军一个突击班以最快速度从河边侧面冲过去，爬上比岭头还高的山头，架起机枪，居高临下向岭头扫射。敌人万万也想不到我军如此神速地占领了制高点，被打得死的死、伤的伤，连机枪都哑火了，当场死伤十多人。

红军逐渐占了上风，就在这时，芹太丘方向的敌人赶到了，拼命向我突击班阵地射击。阮英平迅即派警卫员通知沈冠国："马上派部队增援山头。一定要把下面的敌人压住。"沈冠国立即带一部分战士赶到山头，密集的火力压住敌机枪，打得敌人抬不起头来。

此时从咸格追来的保安团也来凑热闹，一头钻入一纵队的火力网内，叶飞一声令下，两边火力交叉射击，打死打伤敌兵十多人。敌连长一见碰上了红军游击队主力，火力又猛，慌忙带着残兵溜走了。阮英平看见敌兵退了，手握驳壳枪，喊道："冲啊！"红军战士如猛虎下山，发起了冲锋，敌人又丢下十多具尸首逃命去了。

战斗结束后，叶飞、阮英平率部队来到咸格，委托群众把我军牺牲的战士埋葬好，并用担架把负伤的战士送到红军后方医院治疗。

铲除"十六坛"

下坑，地处周墩东南面，是周墩通往宁德、福安的三角地带，东南部靠周墩玛坑的杉洋，驻有王贵生匪部；南邻咸村，驻有李其芳民团。

以汤孙鸿为首的下坑、梧凤楼、梧桐坑、咸格、高路、汤夏山、西坑、七斗、溪园、长园、赤洋、长峰、孝悌、深湾楼、大林、东坑等"十六坛"大刀会法兵近千人，与王贵生匪部、李其芳民团、陈英保安队串通一气，扼守要隘，拦追堵截红军游击队，妄图切断周墩游击区与福安、宁德的联系。这些土匪武装对我红军游击队的活动造成了很大的危害。

下坑反动大刀会头目汤孙鸿于1936年春，杀害我途经下坑的地下工作者汤发茂、郑墩弟两位同志。7月上旬，我党派革命群众魏祖益，以亲戚关系，向汤孙鸿"借路"，让红军游击队从"十六坛"所控制的地盘过境。汤匪暴跳如雷，非但不行"借路"之方便，而且狂妄地立即磨刀要杀魏祖益，魏连夜逃回。1936年7月18日，周墩县委书记张云腾率游击队100多人，在碧岩群众的配合下，一举攻入下坑，捕俘会徒三人，焚毁汤孙鸿房屋两座，以示惩戒，但汤孙鸿仍然坚持反动立场，自恃人多势众，变本加厉，带百余名会徒，进犯芹太丘、东坑等村，烧毁民房，祸害百姓。翌日，又转到碧岩村大打出手，捕杀我地方革命同志、积极分子魏奉善等五人。

阮英平、沈冠国率独立师三纵队返回周墩地区后，当即与张云腾、林吴木等同志研究，决定铲除"十六坛"，为群众除去这一祸害，以利于游击队今后的行动。

1936年7月22日晚，三纵队的2个支队，连夜赶往高汴村，赶制竹叉，专门对付大刀会。这种竹叉较长，削尖在火里烧热后放在小便里浸，这样竹叉既硬又有毒，是杀伤刀会会徒的有效武器。23日，张云腾率地方游击队从碧岩开到高汗与三纵队会合后，直插咸格村。咸格小庙后有个大山包，下坑就在山包下。纵队一个支队配有机枪，公开进入山包制高点，另两个支队埋伏山包下，张云腾率地方游击队和群众手拿竹叉从村两侧逼近。

匪首汤孙鸿见山包上出现红军游击队，便纠集法兵在村边后坪上"念咒作法"，法兵全副武装，身穿法衣、黄裤，口中念念有词，分三四批，不知死活地向山包上冲。红军游击队待敌靠近后，机枪、步枪猛烈射击，当场击毙法兵七人，余部惊醒，纷纷后撤。三纵队和地方游击队以及群众向法兵穷追猛打。自称"刀枪不入"的法兵，慌乱逃命，在奔逃中匪首汤孙鸿被击毙。为防敌援兵，我军速战速决，攻取下坑后，火烧匪巢，立即原路撤回。

这一战，击毙匪首汤孙鸿和法兵64人，烧毁匪巢24座。战后，迫使"十六坛"刀会全部缴械投降，缴出符衣大刀，订立条约，保证今后让红军游击队安全通过。随后周围的樟岗、宝岭底等十多村大刀会，也纷纷缴械投降。

随即，我党派干部到下坑等地组织发动群众，成立党组织，巩固和发展了这块地区。

巧破莒州保

宁屏区委书记何常堤常在周墩后垅和宁德吴家洋一带活

动，经常听到群众反映：宁德莒州保反动民团垄断食盐，高价出售牟取暴利，甚至连周围的群众都难以吃到盐。另外，莒州是屏南、古田到霍童的必经之地。地主劣绅勾结国民党，依靠反动民团伺机敲诈勒索过往行人，群众对莒州民团恨之入骨。一天，何常堤在宁德樟头岔找到阮英平同志，汇报了上述情况。阮英平、何常堤派人侦察地形。

莒州位于宁德西北边缘，与周墩、屏南接壤，地势险要，据旧莒州乡志记载，莒州距宁德县城约百里，只有村隔一条百余级小岭通行。素有"一夫独守，万夫难入"之称。敌人已在村口险要处修起两座碉堡，倘若强攻，部队伤亡必定很大，因而只能智取。即派小分队或侦察班事先拿下碉堡，而后攻入。

根据掌握到的情况，阮英平与叶飞同志商量后，决定二、三纵队联合行动，前后同时夹击莒州。

1936 年 8 月初的一天，阮英平率三纵队从宁德县的樟头岔到渔仓过河抄莒州背面；叶飞率二纵队从宁德霍童朝渔村横渡过金钟渡正面向莒州进发。约定下午 1 点，民团警戒放松的时刻同时行动。

三纵队留一支队伍埋伏在离莒州不远的岭岔头，阻击援敌，两个支队正面攻打莒州。根据部署，我被临时抽调侦察班，担负摸敌哨兵、炸敌碉堡、扫清进攻通路障碍的任务。

我和细弟、陈阿凤、江朝益等七八人化装成从屏南到莒州卖货的小贩，个个头戴棉纱帽，身着长褂，腰缠布带，肩挑红米、木板、苎麻等货物，乍一看，像个十足的"屏南商贩"。事先我们叫了一位挑担的真正的"屏南商贩"走在前面，细弟紧紧跟上，我排第三。到了莒州碉堡前的亭子里，突然敌哨兵喝令："站住！""你们一个一个下来，两个一起走下来就把你们打死。"那位"屏南商贩"规规矩矩让他检查后通过了。但我们事先和屏南客商已商量好，他检查过去时要慢慢走，听我们指挥，我们叫他回来他就要回来。轮到细弟检查时，敌哨兵以为是合伙做生意的，十分大意。细弟一靠近，立即举枪，敌哨兵吓昏了头，待他反应过来想溜，已来不及，被细弟一把抓住。我们后面几个侦察班的同志都跟上，围着那个哨兵问他莒州民团的情况。并将情况立即报给阮英平。阮英平说："现离我们与叶飞约定的时间还差 15 分钟，但我们马上冲进去为好，不然被莒州内民团发现，把寨门一关，我们就不好打，那就被动了。"因此，我们这次行动，比约定时间提前了 15 分钟。

侦察班在前，阮英平率队在后，冲进了莒州乡。我们这边枪一响，正面的敌人将寨门关死。叶飞率二纵队按原定时间赶到，已无法突进。我们侦察班直冲到通往下莒州的山门前，打跑了民团兵，才把寨门打开。

反动民团团长绰号阔嘴，带团兵撤到悬崖顶顽抗。

这次战斗，共打死打伤民团兵十余人，活捉三人，缴枪十余支。烧了地主的店铺和房屋，将盐分给了附近的群众。

我军巧破莒州保，得到附近群众的极大拥护。群众高兴地说:"红军打了莒州的关卡,'阔嘴'也神气不了几天了!"

激战百丈岩

1936年9月的一天,阮英平率三纵队120多人,从连罗一带山区回宁德虎贝,部队驻在桥头的东源村,警卫班跟随阮英平驻在东源村靠山边的一座高石基的黄土墙的房屋里。

下午1点左右,哨兵发现大约有1个连的敌兵从虎贝桥头方向逼近我驻地。情况来得十分突然,哨兵急忙鸣枪报警。阮英平与沈冠国、缪英弟商量后,决定从后门山方向边打边撤。

东源村背面隔着三个小山包,宁德的险峻石峰百丈岩第一个小山包左侧一条小路直逼桃花溪。阮英平同志指挥部队兵分两路向桃花溪和百丈岩方向撤退。当部队刚撤到靠百丈岩第一个小山包时,就与从桃花溪扑上来的敌人遭遇。原来,事先敌人获悉我军行动路线,调集省保安团3个连(陆连、刘连、陈连)的兵力,分别从正面、左面、右面向我军驻地包抄,妄图围而歼之。

一场激烈的战斗打响了。从桃花溪方向上来的敌军才和我军交上火,来自虎贝方向的敌人也向我军射击。敌军以三倍于我的兵力又倚仗精良武器,在机枪的掩护下,一次又一次向我军发动进攻,敌我力量相差悬殊,我军只好利用地形掩护,且战且退。

当我军撤到百丈岩下的第二个小山包时，敌人蜂拥而至，火力集中，来势愈加凶猛。阮英平同志当机立断，令二支队队长阮吴近率部分队员抢占百丈岩顶峰制高点，居高临下，拖住敌人，掩护纵队战斗和撤离；同时命沈冠国、缪英弟各率1个支队分别阻击虎贝和桃花溪方向的敌人。阮英平率纵队队部与警卫班迎击来自东源村方向的敌人。指挥员一马当先，战士们英勇奋战，一次又一次打退了敌人的进攻。

当我军撤到百丈岩的第三个小山包时，突然从岩顶上射下密集的枪弹，几位战士当即中弹身亡。阮英平警觉情况异常，从望远镜里发现敌兵已抢占了百丈岩顶峰。

原来，狡猾的敌人早已调遣1个排兵力抢先从百丈岩后坡登上山顶，预先设伏，待我们部队撤到靠岩顶第三个山包时，再与山下三路追兵一起夹攻，置我军于四面受敌的绝境！

当阮吴近率20多位队员临近百丈岩山顶时，正遇岩顶敌人向我们纵队射击，情况万分危急，阮吴近果断命令："同志们，冲上去！"队员们从岩壁下，向岩顶猛冲，手榴弹接二连三在敌群中炸响。岩顶敌人突然遭袭，掉转枪口对射。敌我双方在岩顶一块狭小的山坡上展开了一场恶战。游击队队员越战越勇，子弹打光了，便插上刺刀与敌肉搏，有的紧握枪托对准敌人的脑袋猛砸；有的捏住敌人的脖子往死里掐；有的紧紧咬住敌人的手腕不放或和敌人抱在一起滚下悬崖，同归于尽。

岩顶上的激战，为纵队主力的转移赢得了宝贵的时间，阮英平随即率队从百丈岩左侧山弯敌人火力薄弱地带杀出一条血路，向天峰院方向突围。

岩顶上游击队队员虽然杀得英勇顽强，但终因寡不敌众，阮吴近等九名队员被逼退到百丈岩的边沿。岩下是百丈深渊，队员们倒抽一口冷气。正在这时，一群敌兵气势汹汹高喊："捉活的！捉活的！"猛扑上来，我军九名壮士身临悬崖，岿然而立，毅然砸烂枪支，然后高呼"共产党万岁！""红军万岁！"口号，纵身跳崖壮烈牺牲。

当晚，突围部队移驻那罗寺。几天后，当地党组织报告：在这次战斗中我方死伤 20 多人，敌人留下了 20 多具尸体。

巍巍百丈岩，犹如一座血染的丰碑，屹立在闽东这块坚实的土地上。它，永远记载着我英勇的闽东红军用鲜血谱写的悲壮史诗！

经受了又一次血与火洗礼的闽东独立师三纵队战士，掩埋了战友的尸体，昂首向着东方，去迎接新的战斗。

从连罗到罗汉里

陈云飞

  1934 年秋，在东海之滨的连罗地区，革命如火如荼。那时，连罗两县已有 470 多个村都建立了苏维埃政权，各区都建立了区委。连罗苏区的发展壮大引起国民党当局的不安。从 1934 年 9 月开始，陆续调兵前来"清剿"。最初是调海军陆战队进犯我连罗根据地，后又抽调了八十五师五十一团、八十七师二五九旅 2 个团，省保安第十一团及驻马尾港海军陆战队二旅三团等部队配合各地民团共万余人对连罗苏区发动"清剿"。

  面对敌人的大"清剿"，连罗县委决定避强就弱与敌周旋，首先攻打大获，开辟连江沿海通往罗源长龙山区的道路。

  大获乡，在罗源县城东南 20 多里的沿海地区，扼住沿海苏区通往罗源县城及长龙根据地的咽喉。大获乡反动头子游曹德倚仗国民党政府，伙同全乡地主、豪绅，利用封建迷信和家族观念，以地痞流氓为骨干，组织了一支800人的地主武装，从驻罗源的保安队那里得到了不少武器弹药；并在村前依山靠海筑起了一道围墙，挖了战壕，修建了两座碉堡，设五处神坛，还在村前后港汊及山坳处挖陷阱、埋地雷，切断了沿海苏区通往县城的唯一陆路交通。

我是闽东红十三师独立团政治处的宣传员，我们团从罗源北山出发，经过一夜的急行军，黎明前到达大获乡。我们兵分两路，一路在村前佯攻，另一路从村后担任主攻。战斗打响后由于大获乡的地主武装注意力集中在村前应战，被后面强火力突然攻击，顿时乱了阵脚，红军战士奋勇冲杀，很快摧毁了敌人第一道防线。我们队伍以迅猛之势，前后夹攻，彻底打垮了这支反动的地主武装，给大获乡地主反动势力一沉重打击。

大获乡战斗之后，根据闽东特委的决定，连罗红十三师独立团第一营及特务队600余人开赴宁德支提寺与闽东工农红军第二独立团合编成中国工农红军闽东独立师。留下的第二营在连江和从赤卫队中抽调出的一批骨干成立了连江独立营。留下来的第三营在罗源和从罗源赤卫队中抽调出的一批骨干成立了罗源独立营。

连江独立营成立后，在闽东独立师第三团的支持下，攻打透堡反动据点。透堡地处连江县东北部，背靠绵延起伏的庐峰山山脉，面临罗源湾，怀抱平坦的马（鼻）透（堡）平原。透堡乡的政权、财权都掌握在地主豪绅的手中，那里有 1 个保安营驻守，加上反动民团约 500 人，四周和大街小巷架建柴排门，在徐山、高山、白牛山等山头都建筑了坚固的碉堡。连江独立营经过认真的侦察后，制定破敌方案，在杨采衡同志的指挥下，组织了大斧队，用重火力将敌人的注意力转移后，大斧队迅速冲上去砍开柴门，埋伏在后面的队伍急奔上前冲进村去。村子里守军见红军如天兵降临，赶忙收缩，退守徐山碉堡和高山碉堡。红军夺取了高山碉堡后，独立师第三团政委鲁国耀在高山顶上对徐山碉堡敌人喊话，进行政治攻势时，不幸中弹身亡。徐山碉堡久攻未克，敌援兵即将赶到，红军部队只好迅速撤退。这时，敌人的"清剿"已全面铺开。大片苏区沦陷。

1934 年 11 月初的一天早晨，罗源驻敌省保安队和海军陆战队纠集县义勇队及部分反动民团，分乘 13 条帆船，混在松山出海捕鱼的船队中，乘海上晨雾浓密，偷偷向巽屿岛驶来。当驶出罗源松山海面后，敌船便冲出船队，分四路从鸡头、岐尾宫、屿后、渡船道四个方向把巽屿岛包围起来。当敌人的船只露出海面时，就被游击队哨兵发现，即刻鸣枪报警。岛上乡苏干部、赤卫队员、团员、妇救会干部和部分群众听到报警枪声，知道情况紧急，便从各个不同方向赶到乡苏政府门前来。在岛上养伤的西南团团长杨采衡不顾伤痛，带着警卫员颜光等数人也赶来，在他的指挥下，妇救会、青年团迅速召集一批人把红军伤病员抢送出岛。老人小孩由乡苏干部组织安排迅速向北山乡苏转移。我率领赤卫队上村头占领制高点，阻击敌人。

进攻巽屿岛的敌人，开始在我们赤卫队的反击下，摸不清岛上的武装情况，不敢贸然靠岸，相持一个钟头后，敌人见我火力不怎么猛，便集中兵力向岐尾宫、渡船道方向猛冲过来，强行登陆并抢占岛上一个制高点，架起机枪向我转移人群扫射。

我赤卫队被迫一边还击，一边掩护群众撤退，枪声、喊声、海浪声响成一片。这时，有六条满载群众和伤员的船只已安全开出海港湾，向北山方向撤退，另几条装着海蛎尚未卸货的船只也坐满群众，由于船超载，航行缓慢。敌人凭借人多势众，武器精良，向岛上压来。我方第一道防线被攻破，情况越来越紧急，贫农团员林书浩、林观蛎等人毅然跳下船，用肩顶着船尾，把船向滩外推出去，船一下子滑出百米远。

"停船！停船！"妇救会干部陈雪雪发现杨采衡等还在岸上，就大声呼喊着。当杨采衡等赶上船时，敌人已进入村头向岸边追来。机枪、步枪的子弹像雨点般向船尾和舵手头上飞来，船艰难地向北山方向驶去。敌船发现我们，立刻驶船随后紧追，边追边开枪。妇救会干部陈雪雪，赤卫队小队长林书灿、队员林干干、林春旺等相继中弹牺牲，在敌人猛烈的炮火袭击下，有的船尾被打断，有的船舵被打穿，有的船开始漏水。敌人越来越近，海面上弹如雨下，身陷水域的无辜群众中弹身亡，海水一片殷红。

与此同时，在岛上的敌人也大施淫威，疯狂屠杀来不及转移的革命群众和干部，青年团支部书记林雪梅、团员陈桂玉，妇救会会员林晓华、林碧凤、叶风妹等同志英勇就义。

敌人在岛上肆无忌惮，见人就开枪，见房子就烧。老农民林观柯，带着孙子和孙女正往海边跑去，敌人的一梭子子弹便夺走了爷孙三条性命。乡苏政府秘书林书桐的哥哥林书邢下肢患病行走不便，被敌人抓住，逼着他说出红军伤病员转移到哪里去了。面对敌人的利诱与威胁，林书邢一声不吭，丧尽天良的反动军官竟命令匪徒用刺刀把他挑入熊熊大火中活活烧死。还有多名群众被残忍杀害。匪徒们从登岛到下午2点钟，共烧毁房屋30多座，打死打伤120多人，其中绝户20多户。林书群一家三代死了六人。岐头、岐尾、山头上、海滩边到处都是血肉模糊的尸体，令人目不忍睹。这就是骇人听闻的巽屿惨案。巽屿人民不愧是英雄的人民，他们在敌人血洗巽屿岛的战斗中为保护红军伤病员，英勇顽强、宁死不屈的革命精神永远激励着我们奋斗不息。

1935年春，连罗苏区大部被敌占领，形势异常险恶。连江县委在下屿召开紧急会议，研究破敌对策。会议刚结束，忽遭敌人包围。我们突围出来的县委部分成员和闽东红军西南团骨干辗转撤到闽东红军海上游击独立营的根据地——霞浦西洋岛，分散隐蔽在附近岛屿上。

1935年3月中旬，霞浦西洋、浮鹰等岛屿遭到敌人的残酷"清剿"，我们这些隐蔽在此的连罗地区革命骨干被迫撤离海岛，乘船向闽中福清转移。

福清是白区，国民党戒备森严。到处有反动民团武装，有坚固的碉堡，地主豪绅的家装着铁门，连天井也布了铁丝网。到了福清我们很快与福清中心县委书记黄孝敏同志接上头。他原是中共福州市委委员，曾被市委派到连江、罗源工作，任过连罗游击队队长和政委。在他的安排下，我们分别住到地下党同志家中。我先在海口平恒村夏淑琴家住，不久，转移到渔溪镇。镇上打铜店的陈钦霖和开客栈的张家亮，都是共产党员。到了渔溪镇后，白天我隐蔽在打铜店里，晚上要等国民党派人到客栈查房后，才能悄悄地到客栈去睡觉，在这白色恐怖的地区，我们随时都有被捕的危险，而且经济没有来源，连起码的给养都困难。怎么办？经过好几天的思索，认为只有尽快找到一个立足点，把武装队伍集中起来开展活动，才能解决目前的困境。我把这种想法告诉了黄孝敏同志。

几天后，黄孝敏同志通知我晚上到渔溪北面的一个村子会面。我按时到达会面地点。会面时，黄孝敏和刘突军向我传达了中心县委的决定。县委同意我的意见，并决定成立福（州）长（乐）边区特别支部，命我参加县委，担任特别支部书记，去开辟边界地区。刘突军还给我分析了当时的形势，认为目前永泰的罗汉里一带是土匪控制的地区，进不去，只有福州的官口一带，长乐的古槐、蓝田一带可以开展工作，到那里先了解情况，发展党团组织，然后发展武装力量，开辟新的根据地。

第二天，黄孝敏同志亲自带我到官口镇南面的波兰村，住在一位可靠的老贫农家里。从此，我就在福清、长乐、永泰边界的琯口、蓝田一带开展秘密活动。

4月间，我在琯口镇听到一个消息，说罗汉里的土匪被国民党收编了。刘春水是永泰一都罗汉里人，是个远近闻名的土匪头子，他手下有100多个武装土匪，盘踞在罗汉里。经常出没于福清、长乐、莆田、仙游、闽侯、闽清等边界地区。我心想，土匪能在这里长期生存，我们是共产党的队伍，是为广大穷苦人民而斗争的，更可以在这里立足。

经过几天的了解，有关罗汉里的情况得到证实。原来，每次国民党民团一出动，刘春水就躲进罗汉里方圆100多里的深山密林中，国民党拿他没办法，就给刘春水封官许愿，收编为保安团一个连，叫他当连长，原班人马保留不动，刘春水把队伍开到莆田收编。结果，队伍刚到就被全部缴械，刘春水被杀。当情况摸清后，我决定亲自到罗汉里走一趟。可是，人生地不熟，怎么进去呢？后来我想到，罗汉里农民总要到琯口来买东西，只要打听到有罗汉里来的贫苦农民，做做工作，沾点关系跟着进去，就这样拿定主意。我在琯口街上转了五天没找到一个合适的人。到了第六天上午，从罗汉里方向走来一位农民，他肩挑两篮竹笋。等他走到街头，我就迎了上去。这是个 50 岁开外的农民，是个地道的穷苦庄稼汉。

我热情主动地帮他卖起了笋，就这样熟悉起来。我和他拉起家常，他谈到他儿子被国民党打死了，我也说我无家可归、流离失所。最后我说："如果大伯不嫌弃，我给你做干儿子吧。"他抬起头，久久望着我，我的真情实意打动了他，他终于点头答应了。

下午，笋卖完，干爹带着我上路向罗汉里进发。

从琯口进山，北行五六里后，迎面就是福清和永泰交界的天竹岭，岭下有一座天竹寺。从天竹寺仰望，天竹岭高耸入云，从岭脚到岭顶，全是峭壁和陡坡。翻过天竹岭，沿着罗汉溪，踏着青石小路，穿行在连绵起伏的山林之间。到了半岭村，干爹告诉我这一带就是罗汉里。我一路走一路看，每过一村必定问清村名，遇到岔路记下方向。

罗汉里这地方，果然不寻常。方圆 100 多里，净是深山密林。虽是山高沟深，羊肠小道却四通八达，以罗汉里为中心就可以把闽中的几个县连成一片，使人高兴的是山里物产丰富，千把人住在山里，横竖饿不死；山林茂密，路径岔道很多，不熟路径的休想找到罗汉里。

半岭村有条岔道，向南几里，便是地势险要的三角楼。这就是后来闽中游击支队司令部所在地。

从半岭村朝东走几里，到了干爹的家乡山头乾。进屋后，见到了干妈，二老待我如亲生之子，山头村群众很快就知道钟来顺有了个干儿子，纷纷来祝贺，我就成了合法的村民了。

住了几天，我对二老更为了解了。于是，我对"干爹""干妈"讲了实情，说明我是连江人，连江有红军、共产党，他们专门打地主、打民团，为穷苦人做事，给穷人分田分地。我也是红军，是来福清、永泰做秘密工作的。我又对他们俩讲了穷人为什么穷，富人为什么富，红军为穷人打天下的道理。

有一天晚上，我从干爹谈话中得知山上还有土匪，刘春水的叔叔刘阿和、堂叔刘水仔、弟弟刘全木都还在，手下还有十几个人，都有枪。还说，刘阿和的老婆和干妈是表姐妹。

后来，我通过干妈和刘阿和见面，并通过扎实、巧妙的工作，和刘阿和结拜为兄弟。并且在山上住了几天，我和阿和称兄道弟十分融洽。我看时机成熟了，就向阿和提出把我们的人开到罗汉里来，吃的用的要请他帮助。他爽快地答应了。

我立即写了封信，叫他派人送到渔溪镇打铜店里。过了两天，从连罗突围出来的 20 多位同志，全部集中到罗汉里来。

1935 年 4 月初，革命的春天来到了罗汉里，我们在山头坑村成立了游击队。

从此，我们以罗汉里为基点，一面给农民办识字班，讲革命道理，宣传共产党的宗旨，讲穷人翻身的道理；一面打地主、打民团，征集钱粮。我们的队伍很快发展到 100 多人。罗汉里的这一块红色根据地终于建成了。

闽东红军西南团和海上游击独立营[*]

杨采衡

　　1934 年下半年，闽东苏区面临敌人的大规模军事"清剿"。连罗地区自从闽东红军十三独立团调往宁德支提寺组编建立中国工农红军闽东独立师后，红军主力仅剩下连江和罗源独立营三四百人，且均由区、乡赤卫队抽调组建，未经严格的军事训练，战斗力不强，无法担起保卫苏区、粉碎敌人"清剿"的重任。连罗县委为了加强武装力量，保卫苏区，于 1934 年 11 月在连江下宫，把连、罗独立营扩编为闽东红军西南团，我任团长，政委陶仁官。

　　西南团这个番号是我起的，因为连罗苏区在地理位置上处于闽东的西南部。西南团组建时，有 500 余人，分为马、克、思、列、宁 5 个连。我把队伍集中在下宫，以连、排、班为单位开展紧张的军事训练，还给战士们进行红军的宗旨

---

　　* 本文原标题为《忆闽东红军西南团和海上游击独立营》，收录时做了适当修改。

和优良传统教育，讲解游击战争的战略战术，激励战士发扬不怕苦、不怕死的精神，全力以赴投入反"清剿"斗争，保卫苏区和苏区人民的生命财产。经过短期的训练和整顿，西南团的战斗力有所提高。

敌人这一次"清剿"采取进攻中央苏区时的策略：占领一地即构筑碉堡，派兵防守、步步为营、层层缩小包围圈，所有村庄实行联保联甲，强迫群众移民并村，妄图切断红军和群众的联系，困死红军。根据地群众在党的领导下，进行了坚决的斗争，丹阳附近的群众一夜间破坏了从丹阳到县城的电话线路。长龙官庄下、下洋等地群众在党员和村苏干部的带领下，当敌人强迫筑碉堡时，就白天筑、晚上拆，使碉堡久久筑不成。潘渡、陀市的群众把粮食、牲畜转移到山洞内藏起来，还填埋了部分水井，使敌人没吃没喝待不住。我带着西南团乘敌人立足未稳，依靠当地群众，神出鬼没地打击敌人。

11 月，敌八十七师师长兼国民党第十二"绥靖区"司令王敬久召集连江、罗源、宁德、福清、闽侯等九个县国民党县长会议，下达蒋介石的指令，限期一个月剿灭闽东各县革命力量，并调叛徒练文兰到连江，伙同国民党军统特务、连江县县长王笑峰举办"铲共训练班"，由练文兰任训练班主任。练文兰原来当过连江县委书记，后来成了可耻的叛徒，对苏区党团、苏维埃政府组织和干部人头相当熟悉。这个鹰犬的到来给连江革命力量造成了巨大的损失，大批优秀的党员干部和地下交通员被特务搜捕，壮烈牺牲。敌人还派飞机撒下 5 万多张反革命传单，胡说"中央红军被消灭""匪患已基本肃清"，强迫苏区群众去"自新悔过"。在这严峻考验的紧急关头，县委和西南团加强对红军干部战士的革命气节教育，激励红军和苏区群众勇敢地和敌人做斗争。西南团提出"四积极"的战斗口号（一不掉队、二不逃跑、三莫害病、四不犯纪律），并坚决镇压密谋叛变者和内奸特务，进一步密切和苏区群众的联系，稳住了军心，鼓舞了士气。

1934 年 12 月底，敌八十七师二五九旅、保安第十一团进驻连江罗源，采取"军事进攻、政治瓦解，分进合围、穿心斩线，稳打稳扎、步步为营"的战略，指挥各地反动势力普遍组织民团，建碉堡、挖战壕、设路障，到处实行烧、杀、抢"三光"政策。同时派兵切断我军后方交通线，断绝我军给养。派军舰驻巡东冲海面，切断我军海上交通线，鹤屿、下屿等沿海岛屿被封锁，福州方面的枪支弹药无法运进，我们和闽东特委的联系被中断。在这异常危急的关头，中共连江县委于 1935 年 1 月底在下屿岛召开县委紧急会议，我参加了这次重要会议，会上分析了西南团留驻沿海地带四周孤立的不利形势，决定把队伍开往丹阳山区，以便打通路线，取得闽东特委的领导和支持，同时还布置了沿海红军医院伤病员的疏散转移工作。县委的这个决策是对的，但为时已晚。会议刚刚结束，敌人就从四面八方包围了下屿，枪声、炮弹声在海面上呼啸，情况万分危急。我指挥西南团沉着应战，从敌人的薄弱处猛打猛冲，终于冲破敌人的包围圈，顺利地转移到连罗交界处的庄里村。1935年2月，我率领的连江县委机关和西南团团部人员及部分队伍撤退到沿海的新辉、可门一带。

敌人继续"围剿"我沿海部队，在北山红军医院养病的红军北上抗日先遣队的100多名伤病员在转移途中遭敌袭击，全部殉难；分散隐蔽在其他红军医院的伤病员也不幸被敌搜捕，局势越来越严峻。这时，恰好我们派往霞浦西洋岛与闽东红军海上游击独立营联系的同志回来说，柯成贵欢迎我们撤到西洋岛和浮鹰岛上去。我当即率部于2月18日连夜乘船前往西洋岛、浮鹰岛，不料途中又遭敌追击。时届农历春节期间，遂决定化整为零，大部分散隐蔽，其余由我和连江团县委书记陈云飞率领突围，撤至西洋岛。

西洋岛位于霞浦县南部、连江县东北部的海面上，是闽东沿海较大的岛屿之一，为霞浦海区重要屏障。1931年间，柯成贵组织了一支海上群众自卫武装队伍，旨在劫富济贫，反对封建剥削和压迫。1934年春，中共福安中心县委派曾志同志前往西洋岛将这支队伍改编成闽东红军海上游击独立营，营长就是柯成贵。他们凭借闽东千里海疆的自然屏障，积极开展海上游击战争，多次袭击国民党军舰。1934年秋，海上独守营在西洋海面截击了国民党运输船，缴获"万茂"号汽船。不久，国民党海军"通济"号军舰出航上海，途经西洋岛停泊窥视我军情况。柯成贵获悉情报后，立即率部偷袭了敌舰，当场打死敌人士兵一人，随后国民党海军又派"海筹"号来助战，游击队深知敌我力量悬殊，迅速撤出战斗。当夜改用疑兵之计，在龟顶澳上点起了数百盏灯笼迷惑敌人，柯成贵却带领部队乘船向敌舰迂回包抄，狠狠地打击了敌人。1934年10月底，由于蒋介石对日本帝国主义的侵略采取不抵抗政策，使日本侵略军的魔爪也伸到西洋岛海域。海上独立营红军指战员非常愤慨，即化装混入打鱼船中，在渔民群众的掩护下，勇敢地用土枪土炮巧妙地抗击日本帝国主义现代化装备的军舰，保卫了祖国的神圣海疆。

我们到达西洋岛后，受到海上游击独立营指战员的热烈欢迎和接待，西南团的战士们被分散隐蔽在各个岛屿上，我们县委和西南团主要骨干20余人就隐蔽在西洋岛对面的一个小岛岩洞里。

敌人占领了连江沿海地区后，得知西南团进入西洋岛，于是，一面派了两架侦察机，不断盘旋在西洋岛、浮鹰岛上空，进行空中侦察；一面派出兵舰"梵同号""海明号""通济号"封锁海面。1935年3月14日，国民党军第八十七师、五十二师各一部和"梵同""海明""通济"三艘兵舰及十多艘汽船，在两架侦察机的配合下，包围了西洋岛。柯成贵立即派船把我们转移到另一小岛上一个秘密的岩洞里隐蔽下来，而后率领海上游击独立营与敌人展开激战，独立营战士大部分壮烈牺牲，柯成贵不幸被捕，不久英勇就义于福州。

但敌人仍不放过我们，每天涨潮时，总在岛上到处搜索。幸好我们隐蔽的岩洞涨潮时洞口淹没在海水里，退潮时才露出洞口，敌人搜索两天没有发现我们，便死心地撤走了。后来，我们根据福清县委书记黄孝敏同志率参观团来连江苏区时介绍的，该县群众组织的有利条件和交通联系办法等情况，决定乘船突围转移到福清县去。

初春的一个夜晚，我们乘小船避过敌人的巡逻舰，闯过闽江口，在福清海口登陆。很快找到了县委黄孝敏和刘突军同志，在福清县委的安排下，突围出来的同志都分散隐蔽到地下党同志家中。不久，西南团骨干进入福清、永泰交界处的罗汉里山区，在闽中特委领导下，组织群众，又发动了游击战争，建立了闽中游击支队，坚持斗争到抗日战争爆发，后来这支队伍奉命编入新四军，由我率领开赴皖南。

福建的国共和谈[*]

孙克骥

1936 年 12 月，西安事变后，国民党同北方红军已实现和平，而南方八省的红军游击队，国民党却仍在继续"围剿"。国民党想消灭我们，他们说南方没有红军游击队。这时，我党一直在积极寻找南方红军游击队，而且途径很多。张云逸是在西安事变后党中央派到香港的，他的任务是了解南方红军游击队的情况，并把他们改编为我党的一个统一的军队，实现国共合作，共同抗日。1937 年上半年，香港有个"南委"，全称是中国共产党南方工作委员会，负责人之一是薛尚实。在福建，当时有好几个地方游击队。但除闽西已与"南委"接上了关系以外，闽东叶飞和闽北黄道的红军游击队还没有同"南委"联系上。

1937 年的 10 月间，张云逸准备从香港去福州，同国民

---

* 本文原标题为《抗战初期福建国共和谈点滴回忆》，收录时做了适当修改。

党福建省主席陈仪谈判，把福建各地红军游击队改编为新四军的问题。因此，"南委"决定派我为张云逸同志带路。我先到福州，并与张事先约好通信地址。10月底，张云逸到福州。张云逸当时是八路军副参谋长，对于他的到来，国民党还在当时的《福建民报》上发了一条小消息。参与谈判的国民党方是省府委员、建设厅厅长林知渊。

张云逸在福州与国民党谈判后，叫我把文件送给闽东的叶飞和闽北的黄道。这些文件是我从香港"南委"带回来的。张云逸同国民党谈判的具体内容我不知道，但张云逸向我透露过，说"国民党不承认叶飞的部队"，叫我把文件送到苏区找叶飞。他还说："如果直接送不了的话，绕道闽北，叫黄道转送也可以。"后来，张云逸走了。我是闽北崇安人，闽北的情况我熟悉。闽东去不了，我就带着文件去闽北找黄道，再要黄道把文件送给叶飞。这时是1937年的11月，闽北已同国民党进行谈判。我找到黄道，就把文件交给他。闽东这边，八路军曾派顾玉良到闽东叶飞那里去。叶飞接到文件后，就到了南昌。

1937年底，闽东国共两党谈判成功。叶飞从南昌回闽东，1938年的1月，他路过江西铅山石塘（闽浙赣省委所在地），同行的还有李子芳。他们在闽浙赣边区带了一二十个男女青年，一起回闽东，他们都是知识分子。

2月初，张云逸从南昌到江西石塘。同行的有两个人，一个是张云逸的秘书王白如，另一个是新华社记者马骏。在江西石塘，张云逸传达了新四军军部把闽浙赣红军游击队改编为新四军五团、闽东红军游击队改编为新四军六团的决定，并宣布成立三支队，由张云逸兼三支队的司令员。那时，我是闽浙赣特委统战部部长，张就找到我说："你到三支队政治部去吧，那里没有人。"于是，我就到政治部当宣传科科长。

2月中旬，张云逸、王白如、马骏、王助和我从江西石塘到福建崇安，经南平，坐船到谷口。谷口有汽车通往古田县城。所以，我们五人就坐汽车到古田。在古田，我们同国民党县长见了面，他还请我们吃了饭。张云逸到古田主要是同国民党县长谈叶飞部队离开闽东，北上抗日的问题。可是我们到古田时，听说叶飞部队已经开拔了。古田这个县长很荒唐，在吃饭时，我记得他说过"叶飞的部队是带不出福建的，不要到浙江，人就会跑光的"这句话。我们在古田只住了一个晚上，又回到谷口。后来，张云逸就去福州。他到福州是同陈仪谈判，准备成立新四军福州办事处。临行时，他写了一封信交给我，要我去追赶叶飞部队。信的大意是提醒叶飞要注意国民党搞鬼。我接过信，就带上张云逸的警卫员等四人从谷口坐船，经南平、江山，一直到浙江常山的球川镇才追上了叶飞部队。

不久，部队开到浙江开化县的华埠镇，闽北的五团也随后到达。闽东、闽北的部队在这里会合了，并在此正式成立了新四军第三支队的司令部和政治部。随后，开赴皖南岩寺一带集中。

举家进山闹革命

林玉兴

1934年冬，我的家乡罗源县飞竹苏维埃政府遭受破坏，敌人到处搜捕红军家属和苏维埃成员，我和许多红军家属、地下工作者隐蔽在深山老林里。我作为闽东独立师的一名班长，根据党组织的指示，到山里发动组织群众坚持斗争。我当即带着母亲、哥哥、嫂嫂、侄儿来到了古田大甲镇泥洋村，找到了我在1932年参加红军时认识的该村的王炳相等人，并在此安下了家。

在泥洋村我紧密团结王炳相、王承东等人，经常对他们讲红军的斗争故事，介绍苏维埃政府和贫苦农民斗地主、分田地的情况，把他们的思想逐渐吸引到革命上来。我们以本村为基础，发展了李彭钦和林洋村的林而全等一批青年。与此同时，中共安德县委先后派马由、陈步田等人深入大甲的山里村发动群众，设立联络站，开展地下活动。我顺利地与他们联系上了。1935年初，阮英平同志率闽东独立师一部，坚持宁屏古地区的游击战争，常到大甲秘密发动群众，也与我和陈步田等接上了关系。

1935 年六七月间，闽东独立师三纵队一部，在阮英平、缪英弟带领下，进入大甲。阮英平同志传达了特委含溪会议关于开辟新区的指示，并做了具体的部署。同时，抽选熟悉情况的干部战士与我和陈步田等人配合，深入乡村，了解情况，而后，选择群众基础好的重点乡村张贴标语，宣传红军，宣传革命；与苦大仇深的贫雇农谈心、交朋友，广泛联系发动群众。红军战士还经常帮助乡亲扫地、担水、砍柴，为乡亲们排忧解难。红军纪律严明，秋毫无犯。贫穷百姓把红军当作自己的亲人，主动帮助红军贴标语，搞宣传，联络自己的亲朋好友参加革命，不到一个月，许多乡村的群众被发动起来了。独立师三纵队在群众的大力支持下，在大甲的十多个村都建立起秘密据点，大甲成了红军游击队活动的基本地区。不久，由我组织的王炳相、李彭钦、王承东等近60 人加入了红军队伍，编为三纵队第四支队，李彭钦为支队队长。四支队在纵队的领导下，坚持在大甲地区开展游击活动，收缴了坑炳、林洋、里桃等地民团步枪 50 余支，惩处了里桃村、岩步的反动保长，活跃于宁古罗边区，为开辟和巩固游击根据地而艰苦斗争。

楮坪会议后，宁屏古办事处书记阮英平根据斗争的需要，派陈步田、陈伏梓、叶家如、陈则顺等八人到古田大东地区建立区委组织，扩大游击根据地。8 月间，一区区委成立，陈步田为书记，具体负责大甲工作，并在大甲的十多个村建立贫农团。贫农团建立后，加强了村与村之间的相互联系，协助红军做民团的策反工作，为红军站岗放哨，帮助红军购买粮食和军用品，积极动员青年参加红军。

在建立了贫农团的基础上，区委着手恢复了谈书店、毗源溪等地的老交通站，并建立了林洋、璋地等一批新交通站，沟通了大甲往连江、罗源、宁德、福安的四条联络线。

1936年春，独立师二、三纵队在阮英平、陈挺的率领下，消灭了盘斗、安楼民团；在杉洋附近打败了敌保安团2个营的进攻。7月，陈挺率领二纵队攻打西洋民团，镇压了西洋恶霸余海祠。9月，独立师二、三纵队领导人陈挺、沈冠国决定消灭无恶不作的毗源民团。事先派支队队长周华深入毗源侦察敌情，掌握了敌人活动规律，而后兵分两路：一路佯攻，诱敌倾巢而出；另一路则迅速捣其老巢，摧毁敌土炮台，断敌退路。团兵腹背受击，伤亡惨重，纷纷缴械投降，这仗彻底消灭了毗源民团，缴枪六七十支。接着，又消灭了邹洋民团，扫清了大甲的地方反动力量。

1936年秋，独立师三纵队一部转战罗源、宁德，袭击了罗源香岭民团，抓获了团长老婆，押回林峰村，事后派人通知逃跑的民团团长限期解散民团，上缴枪支。民团团长一面慑于红军军威，另一面为要回老婆，只得一一照办。闽东红军游击队在大甲地区出没无常，频频打击敌人，发展扩大了宁屏古游击根据地。

为巩固游击根据地，区委和贫农团在大甲开展了广泛的扩红运动。阮英平、江涛和区委领导陈步田等经常深入国本、山里、小甲、璋地、林洋等20多个村庄动员青年参军。许多贫苦青年向往革命，纷纷向区委报名，参加红军队伍。在1936年和1937年的两年间，大甲就有231人参加红军游击队，壮大了游击武装力量，为闽东的三年游击战争的胜利做出了贡献。

撤离柏柱洋

林奶旺　张尚蒙　林细弟　柳佬细

　　1934 年闽东革命形势发展迅猛，福安柏柱洋成了闽东革命根据地的首府，闽东苏维埃政府和中共闽东临时特委相继在这里成立，人民欢欣鼓舞，敌人却视它为眼中钉、肉中刺，必欲除之而后快，从下半年开始，多次派兵进攻柏柱洋地区。

　　9 月 15 日，国民党新十师三团在逃亡地主的带领下，进攻柏柱洋。当时在斗面村的闽东党政领导人有马立峰、詹如柏、叶秀蕃、张宝田等同志。敌人兵分两路：一路是以 1 个连的兵力，占领马厝村；另一路，以 2 个连的兵力占领龙港、溪南山下等村。这些村的赤卫队进行了英勇抵抗，并派人向特委告急。但斗面村只有警卫连和一些赤卫队，要保护特委和苏维埃政府机关，无法分兵增援。这些村的赤卫队终因寡不敌众，被迫退到斗面村。在这种情况下，闽东党政机关暂撤到距斗面村十几里的南山村。9 月 23 日，红军独立师

75

副师长赖金彪率部突然出现在黄澜、北山一带，敌人主力撤出柏柱洋，全力追击赖金彪部队。赖金彪率领部队摆脱敌人的尾追，退往福霞山区。闽东党政机关从南山村又搬回斗面村。

10月15日凌晨，游击队队长郑阿住接到在村口值哨的一个战士报告：远处有影影绰绰的人影向斗面村移动。旁边的一位战士说："会不会是趁早结伴上山的打柴人？"

阿住仔细观察后说："不对，打柴人不喜欢成群结队。再说，附近村子白匪占着，不可大意。"他忙交代一个战士进村报信。这时，天渐渐放亮，远处人影清晰可辨了。"白匪！"一个战士失声叫道。

"快，鸣枪报警！"郑阿住命令道。原来是国民党新十师三团再次偷袭斗面村。敌人迅速向田野分散开。呈扇形向村子包夹过来。马立峰等领导人得到敌情后，立即研究了对策，决定由詹如柏、郑阿住率赤卫队、警卫连阻击敌人，掩护特委机关转移。战士们倚着墙角、大树，英勇顽强地阻击敌人。敌人仗着人多势众，疯狂地进攻红军游击队。

"弟兄们，冲进去！捉住马立峰、詹如柏，赏大洋三百。"敌军官吊着嗓子狂吼。

敌人火力很猛。红军战士一个又一个地倒下了。队伍被迫撤出阵地，追上特委的队伍。柏柱洋最终被敌人占领了。

马立峰、叶秀蕃组织党政机关干部撤往福霞交界的岭面一带。一路上大家心情都很沉重，顺着崎岖的小道默默地走着，谁也不说话。大家心里都有一种说不出的滋味。

敌人进入柏柱洋，就在牛山岗、鲤鱼山、斗面岗等高地建炮楼、挖战壕，分村"驻剿"，烧山"搜剿"。柏柱洋地区到处刀光剑影，被烧毁的房屋有 280 多座，被杀害的共产党员和革命群众有 300 多人，粮食被抢 1500 多担，分到农民手中的土地全部被还乡地主夺回。

特委、苏维埃政府机关撤到了岭面一带。马立峰、施霖等同志很早就在这里传播革命，这里的群众基础很好。特委领导的到来，无疑给这里的党组织和人民极大的鼓舞。一天夜晚，一个交通员带回消息说：敌人有 2 个营驻扎在柏柱洋，烧杀抢掠。马立峰同志的家也被查抄，家人下落不明。同志们闻讯后心情很压抑。马立峰同志镇定自若，他详细分析了形势，说："敌人妄图吃掉特委、苏维埃政府，扑灭闽东革命烈火。他们的胃口大得很，但我们不是案板上的肉，我们是坚强的布尔什维克，什么样的考验我们没有经受过？今天，敌人占领了我们的柏柱洋，形势暂时对我们不利，但我们应该相信，凭我们的团结、英勇和对革命的忠诚，一定能战胜敌人，渡过难关，柏柱洋一定会回到我们手中。"马立峰同志的坚定情绪，鼓舞了同志们，大家沉重的心情渐渐开朗。

不久，形势更加恶化，各边县县委驻地相继被国民党新十师三团、七十八师四六五团和保安团占领。为了恢复与各地的联系，10 月底，闽东特委决定在福安东区官洋村设立分处，由马立峰兼主任。面对严峻的形势，闽东党组织毫不气馁，号召苏区人民紧急动员起来，参军参战，为粉碎敌人的"围剿"，为争取全闽东以至全中国的苏维埃胜利而战。特委决定：闽东工农红军独立师回师福安，恢复中心苏区。

11月初，在寿宁一带活动的红军独立师二团在叶飞、潘伯成的带领下，回师柏柱洋，要夺回柏柱洋，首先必须攻破敌人驻守在溪柄的重要据点。这里驻扎着新十师三团1个营和七十八师四六五团1个营，还有一些反动民团。一天，红军进攻溪柄的战斗打响了。在密集的枪声中，战士们占领了镇附近的小高地。敌人很狡猾，他们摸不清我方兵力，只是远远地放着枪，不轻易出镇。红二团团长潘伯成率领一部分战士冲到镇东门，战士们端着步枪和梭镖、大刀向敌人勇猛冲杀，步枪、机枪、手榴弹的爆炸声响成一片。敌人慌忙向镇内退去。红军占领了镇东门。不一会儿，镇内的敌人组织反扑。潘伯成站起身，举起驳壳枪，刚喊出"冲啊！"一颗枪弹击中了他的胸膛，闽东红军优秀的指挥员潘伯成为革命献出了宝贵的生命。在敌人的疯狂反扑中，红二团的战士们抢出潘团长的遗体，向附近的山头撤退。

独立师二团收复柏柱洋未果，渡过茜溪，退往福安东区的大山里。12月中旬，国民党新十师三团二营继续尾追闽东特委和政府机关，他们从茶洋据点向岭面村进攻。特委和苏维埃政府机关被迫退到福霞的周厝坑，而后又撤往安福县委驻地官洋村，与特委分处和安福县委、县苏维埃政府机关会合，继续领导闽东广大军民反击敌人的"清剿"。

恩情深似海

吴立批

1936年1月，闽东红军的一部分被国民党反动派包围在寿宁番坑以北山区。我在红军教导队任班长，我们教导队担任掩护指挥机关突围的任务，战斗中，我负了重伤，无法跟随部队行动，上级决定把我留在附近的一家老百姓家里养伤。

这家主人姓周，50多岁，是个穷苦的木匠。他的老伴也有50岁光景。他有两个儿子：大儿子被反动派拉去，在联保处当保丁，二儿子在家里干活。到他家的时候已经是半夜了。我向他说明来意后，担心地等待着反应。谁知老木匠二话没说，拍拍胸脯，坚决地说："好！留下来吧，我家里有老婆、儿子，只要有一个人在，也要保护红军同志。"

天快亮了，敌人随时会来搜查，这时候我身上还穿着沾满泥巴和血迹的红军制服。老婆婆慌忙替我脱下，拿出老头的一套破衣，脱下儿子脚上的布鞋给我换上。第二天，老婆婆又把我的军服拆洗干净，用野草染成不青不黑的，再拼了些破布，费了好几个黄昏，替我缝成了一套便服。

老木匠给我找了个山洞。每天清晨，他背我到洞里隐蔽，晚上又背回家。山洞里铺了一层厚厚的枯草，他十分精细，可是，我的伤口化脓发炎，溃烂得很厉害。老婆婆急得直要哭，催着老头想办法。老木匠采回来一把野草，炒干了用石头磨成粉末，敷在我的伤口上。不过20多天，我的伤口已消炎退肿，长上新肉，眼看就可复原了，我就想早日归队。虽然我并不愿意离开老木匠夫妇，可是，几年来敌人的残酷"清剿"，带来重重灾难。老木匠生意十分清淡，全家三口人本来就只能靠地瓜丝加野菜、树叶活命，现在加上我这张嘴，就更加困难了。

老木匠很理解我的心情，便到处打听红军的消息。有一天他的大儿子回来，老头装着闲谈似的问他："好久没听说红军了，大概被中央军'剿'光了吧？"大儿子摇摇头说："哪里剿得光！"老木匠故意惊奇地瞪着眼睛说："啊！还有？在哪里？"大儿子说："在福安穆阳附近发现过。"老木匠记在心里，到晚上和我商量："你现在伤口还没完全好，不能多走路；可是等你伤口全好了，红军又不知到哪里去了，还是我先去找找看，找到的话，和他们联络好，再送你去。"我问："你没有钱怎么走呢？"他说："我可以挑副担子一面做工一面找。"

第二天早上，他挑着担子下山了。过了八九天，他终于回来了。可是乍一见，我和老婆婆都惊骇失色了。他面容憔悴，脸上和手腕上带着伤痕，走路一瘸一拐的，衣服破烂不堪。

原来，一路上他一边做工，一边暗暗寻找红军。走了200多里路，好容易在社口附近山上找到了红军。部队首长亲自接见了他，给他五块银圆，叫他把我送到穆阳北边小山上的联络站去。谁知就在回来的路上，因为没有通行证，他被民团扣押了。团丁把他浑身一搜，搜出五块银圆。五块银圆在那种吃树皮草根的年代，真是一个了不得的数月。民团团长像豺狼见到羊，眼睛都红了，蛮不讲理地说："嘿，一个普通木匠哪能赚到五块银圆，一定是红军侦探，把他捆起来！"

这样，五块钱被抢走，他被关在碉堡里吊了三天三夜。老木匠心想："我活了50多岁也该死了；可我一死，红军委托我的事情就办不成了！"不得已，他故意一把眼泪一把鼻涕地向那个民团团长说："我是去年9月就出门的，自己省吃俭用才赚到这五块钱，家里几张嘴等着我回去呢！请长官开开恩，放了我吧！"他装得很像，民团团长被他骗过去了，只好把他放了，并且还退给他一块钱。

老木匠讲到这里，笑着说："还算运气，从老虎嘴里挖出一块钱来，可以给你买米吃了。"听说找到了部队，我心里非常高兴，可又一想，到穆阳有100多里路，要经过不少敌人关口，怎么去呢？我把心事告诉老木匠，他立刻回答说："我早计谋好了，我们俩假扮师傅徒弟，拿张通行证，一边做工，一边走，敌人把守再严也能混过去。"

怎能搞通行证呢？老木匠在他大儿子身上打主意。他跑到联保办事处去对他大儿子说："我出去一次，赚回一块钱，那边生意很好，中央军国民党军都退走了。听说红军也要到这里来了。"他还编造了很多国民党军吃败仗，红军大胜利的消息。他是想吓唬大儿子，给他个下马威。因为他说过，大儿子被抓去当了反动派，虽然是自己的儿子，也不该相信他。所以我在他家里一个多月，一直瞒着他大儿子。这回他看大儿子面有惧色，就直截了当地说："我在路上碰到一个红军伤兵，年纪很轻。我想把他送回去，你看行吗？"大儿子很怕事，忙说："不要管他。"老木匠白了他一眼，严肃地说："为什么不管？你再不做好事，等红军回来，哼，看你怎么办！"大儿子着急了，连忙向老父亲求教。老木匠说："我想要他装作我的徒弟，去找红军，只是没有通行证，你给弄一张！"大儿子无可奈何，只好答应了。

过了两天，我们带着通行证，挑着担子下山了。老婆婆把我送到山下，拉着我的手，走一步叮嘱一句："路上小心，今后有机会一定要来看看我们。"我也忍不住流泪说："阿妈，我一定来看你老人家。"

一路没有什么阻难，我们在福安穆阳西北山上找到了部队。我向首长汇报了经过情形，首长亲切地拍着老木匠的肩，向他道谢。老头又是笑又是淌泪，十分激动。吃过午饭，他要回家，我送他出岗哨。他边走边对我说："你好好当红军，要坚决革命，有机会再到我家来，我也兴许来看你。"我对他说："阿爸，我一定听你的话。"走出岗哨，他站住了，望了我很久，说："阿妈会想念你，你一定要回来。"我紧紧地握着他的手，喉头像塞着什么东西似的，一句话也说不出来。老人走了，我呆呆地目送他的背影，他不时回转身来向我挥手。

从那以后，我随着部队南征北战，没有机会探望这两位老人家。可是，几十年来，我一直记着他们的恩情和他们的嘱咐。

彭家山和西竹岔战斗

杨寿金　游细弟　游成法　吴松弟

1934 年 9 月后，国民党纠集了大批正规部队，"清剿"闽东苏区。当时闽东红军独立师刚成立不久，我们是闽东红军独立师特务连的战士。

为避敌锋芒，副师长赖金彪率领红二团 3 个营 8 个连和 1 个特务连 500 多人，从福安白露出发前往柘洋，经仙岭、车岭、千诗亭、石三、西洋、社坪等村，于 10 月 18 日下午 4 点多钟到达洪坑，受到当地群众的热情欢迎。群众看见红军来了，都很高兴。佳浆区苏维埃政府得到红军到洪坑消息后，特地杀了两头大猪连同两只牛大腿派人送到洪坑慰问红军。

当晚 7 点左右，佳浆区苏维埃政府主席杨禄金、干部老郭和炊事员杨细尒、杨春松、杨德康等人，赶来洪坑向首长报告：驻扎在福安上白石的国民党新十师某团，有一个连今晚在前洋过夜，明晨开往柘洋、福鼎一带"清剿"红军。

红二团得到敌情报告后，迅速在洪坑附近几个山头布置好岗哨，监视敌人，以防突然袭击，其余部队就地休息待命。首长们分析了情况，认为敌人只一个连百余人，我军有 500 余人，力量远远超过敌人，而且自敌人进攻以来，独立师还未与敌正规部队正面交战过。现在敌寡我众，完全可以消灭这一连敌人，决心要打好这一仗。当晚召开连以上干部紧急会议，研究作战方案，选择在彭家山一带伏击敌人，具体部署是：特务连埋伏在与敌军作战的最前沿白坑岔左右两侧，负责正面截击敌人；一营 3 个连埋伏在白坑岔的南面佳浆牛盹山 50 米山坡上；二营四、六连埋伏在白坑岔的北面葫芦墓小山包上，与一营负责夹攻敌人；三营七、八连配置在白坑岔的北面叠石岗和矸岗 150 米高地上，负责阻击敌军增援和断敌退路。

彭家山位于柘洋西部，距城关 30 里，是柘洋与福安交界地。距彭家山村不到 1 里地方，有个白坑岔，地势高，南北两面是山，东西两面岭下均是梯田，西向下岭靠北面的葫芦墓下有一条小石路通往前坪、上白石，向东岭下梯田中间，有一条山路通往柘洋，是前洋通往柘洋、福鼎的必由之路。

19 日凌晨 1 点钟，一阵清脆的哨音划破夜空，把经过一天行军跋涉的战士们从酣睡中唤醒。战士们迅速按连队集中，用过早饭，简单地进行了战前动员。我们特务连全部集中在洪坑祠堂门口坪上，听了连指导员的动员后，个个杀敌心切，士气非常旺盛，决心给敌人来个迎头痛击。凌晨 2 点左右，队伍整装出发。我们特务连 3 个排共 100 余人，武器装备比较好，担任先锋，每个班有一挺轻机枪，还有几颗石雷。

特务连二排是值日排，走在前头，由佳浆区苏维埃政府主席杨禄金和老郭带路。深夜，天空只有稀疏的几颗星星，原野一片漆黑，看不清路，战士们只好瞪大眼睛，一个紧跟着一个。从洪坑水尾沿着坑边一条小路，经过洋坪，于凌晨 4 点钟到达彭家山的白坑岔，各连队按作战方案进入阵地。山上树木不多，战士们靠折下树枝和搬垒石头构筑临时工事。这时四周静得出奇，一种临战前的紧张气氛笼罩着整个阵地。大家往枪膛里压满了子弹，取出石雷放在面前的园坪上，很快做好战前准备，严阵以待，只等着敌人来了。

早晨 6 点左右，驻在前洋的国民党新十师 1 个连，以为这一带是他们的"控制区"，便大摇大摆地向白坑岔爬上来，他们做梦也没料到，我们已在这里设好"口袋"。当敌人进入伏击圈时，特务连值日排排长打了一枪，接着"嘟嘟……嗒嗒……轰隆"，全团的步枪和轻机枪织成严密的火力网，射向敌人，石雷也在敌军中开了花，截住了他们的去路。

敌人在我军三面夹攻下乱成一团。还没弄清楚是怎么回事，就已死伤近半，在后面的敌人，不敢正面冲上来，一部分往南面牛吨山爬上来，另一部分向北边叠石岗冲击，企图打开缺口，向北逃窜。这时，佳浆区苏警卫连赶来参战，周围的贫农团上百人也手拿梭镖和田刀在山顶上呐喊助威。高喊："冲啊！""杀啊！"……枪声、喊杀声，此起彼伏，一个山头接着一个山头，连成一片，到处硝烟弥漫，战斗非常激烈。

狡猾的敌军连长带了两个兵从牛盹山的园坪坎下绕向石坑岔，左手举起步枪，假装投降，口喊"不要打了，我把枪缴给你"。特务连二排长以为他真投降，跳下坎去缴他的枪。然而敌连长背在身后的右手拿着驳壳枪向二排长打了一枪。子弹擦过二排长的下巴，他受了轻伤。这时我四班长和几个战士火了，迅猛跳下坎向敌连长和士兵连打数枪，敌连长和两个兵均应声倒下。一个敌军排长向叠石岗刚爬上几步，就被我们埋伏在岗头上的战士打了一枪，上西天去了。残敌继续负隅顽抗，战斗持续至午后，上白石的国民党驻军得到消息，不断赶来增援。我军因子弹不足，不与强敌纠缠，遂撤出战斗，转到福溪蒲洋。

经过一天激战，共毙、伤敌100余人，我军牺牲10余人，受伤20余人。彭家山战斗，是我军反"清剿"一大胜利，苏区军民受到极大鼓舞，为反击国民党军事"清剿"坚定了胜利的信心。

1934年11月，蒋介石调整闽赣两省"剿共"部署。闽东被划为国民党驻闽第十二"绥靖区"。统辖新十师、八十七师、七十八师及福建保安团队，共数万人的兵力，分三路对根据地大举进攻，实行全面"清剿"。地主豪绅纷纷组织还乡团连同各地民团等反动武装配合敌正规部队"清剿"。苏区大批土地被占领，闽东根据地党政机关驻地相继失陷，新十师主力则专门追击我闽东独立师，形势越来越严峻了。

在这紧要关头，闽东特委于1935年1月中旬，在福安洋面山召开了紧急会议，会议在叶飞主持下，做出寻找战机，在给敌重创后，独立师迅速撤出中心苏区，保存实力，转移外线，准备坚持长期游击战争的战略转移决策。

1935年1月12日，我们作为闽东独立师特务连的战士，随闽东独立师和赤卫队2000多人，从福安洋面山出发，分两路向柘洋山区转移，一团经车岭、松毛林，当晚到达洪坑。二、三团到菖木洋，吃过晚饭后，给战士们补充弹药，连夜行军，经上黄柏、桥头、社坪，13日拂晓到达洪坑与一团会合。当天，独立师得到敌情报告：新十师一部将从石上、西洋分别向佳浆、沙坑"搜剿"红军。师首长们分析敌情后认为：这是一股专门追击我独立师的国民党正规部队，但尚未确切侦知我军已抵达洪坑，误以为我独立师向沙坑、佳浆转移。根据洋面会议决定，我们正好可以利用洪坑一带的有利地形和当地群众的支持，以及战士们求战情绪高等有利条件，反击敌人"追剿"，然后撤出中心苏区，向外线转移，决定采取"引鳖入瓮"的办法，将敌诱至西竹岔，进行伏击。

西竹岔位于柘洋城西侧，是社坪、洪坑、佳浆三个村的交界地，北面葛藤山，南面大湖岗，中间一条小路穿过谷底，通往桂洋桥，再分别通向社坪、苏家洋、葛藤山和大湖岗。这里树木丛生，山势险峻，是个打伏击战的好地方。独立师一团由师长冯品泰率领，埋伏在葛藤山；二、三团由副师长赖金彪率领，埋伏在大湖岗，形成南北两面夹击之势。

14 日凌晨，国民党新十师第三团的一、二营，由南岩出发，午时路经苏家洋瓦窑岗时，游击队在西竹岔方向打了一枪，吸引敌人。敌不知是计，听到枪声，即回过头向西竹岔方向涌来。当敌人进入我伏击圈后，独立师在当地游击队、赤卫队配合下，居高临下集中火力向敌军猛打。顿时，枪声、手榴弹声响成一片，敌兵死的死、伤的伤，抱头鼠窜，狼狈不堪。此时敌营长才知中计，马上组织反攻，又被我战士用手榴弹炸得乱成一团，撂下一片尸体。敌人在我军两面夹攻下，被压在谷底。

然而，敌人不甘心于失败，依仗着武器好、弹药足，重新向我军进攻。这时，狡猾的敌人，只用小部分兵力正面进攻我军，以消耗我军弹药，而大部分兵力，借着茂密的茅草做隐蔽，兵分几路，偷偷往山上爬。战斗持续到下午 3 点多钟，敌人见我军枪声稀少了，就向我一团阵地发起冲击。一团武器装备比较好，集中火力给敌人来了个迎头痛击，二、三团主动配合，战斗在激烈地进行着。战士们打得英勇顽强，不少战士倒下去了，二团四连连长也不幸中弹牺牲了。这时，黄柏方向敌人又赶来增援包抄我军。师首长认为我们重创敌人的目的已经达到，况且我军弹药也已不足，为了保存实力，坚持长期的游击战争，遂主动撤出战斗，兵分两路转移：由师长冯品泰率领一团从葛藤山撤往刘坪到秀家宅；由政委叶飞和副师长赖金彪率领二、三团，从大湖岗撤往楮坪。敌军尾追到洪坑岔门头后，恐又遭我军伏击，当晚退到社坪宿营。第二天，我军3个团在英山会师，随后从沙坑北进寿、景、庆、政地区。

西竹岔战斗，是闽东独立师成立以来最大的一次消耗战，敌死伤500多人，我军也付出了很大的代价。但打击了敌人的嚣张气焰，扭转了反"围剿"以来独立师的被动局面，保存了实力，掌握了游击战争的主动权，对于闽东地区胜利坚持三年游击战争有着极其重要的作用。

奇袭霞浦东关

吴立夏

　　1936 年初，国民党当局再次纠集重兵大举"清剿"闽东游击根据地。福建省保安部队 3 个整团以我霞鼎根据地的柏洋为据点分驻 50 多处，筑碉堡 70 余座，对我实施严密封锁。红军游击队根据"化整为零、避强击弱、声东击西、有把握就打、无把握就走"的游击原则，在敌人占领区神出鬼没，四处出击，狠杀敌人的嚣张气焰。

　　1936 年 7 月，陈挺率闽东独立师二纵队从闽浙边转战到霞浦县五车山上的赤溪村，得悉霞浦的大部分敌人都进山"围剿"，城内及周围城郊较为空虚，尤其是自进入游击战争时期以来，我军还从未在县城附近活动过，敌人较为麻痹。同时鉴于部队拟转战外地，陈挺同志也有意在离开霞浦以前向县城方向行动，如有可能，偷袭一下敌人再离开霞鼎地区也好；战士们战斗情绪也很高，即使转移也不能太便宜了敌人。故此，纵队首长根据这一情况，决定对霞浦县城之敌，来一次出其不意的军事打击，一来杀一杀敌人的威风，壮我声势；二来捅其老窝，迫其撤回一些进山的"清剿"部队，减轻我根据地的压力和损失。作战计划商定后，游击队就陆续派人进城侦察，寻找战机。一天，得悉霞浦县城里的敌保安团有1个营已于今早开往三沙镇去了，城内守敌不多，除了东门外建善寺还有1个连的敌军外，其他每个城门只有1个排敌军，最空虚的是东门外的塔头尾街只有守军1个班，近日较为麻痹。纵队领导经过分析后，认为是个下手机会，立即决定派我（侦察班班长）带领由侦察班八名战士和从连队抽调的一名战士组成的突击队前去攻打这一班敌军，收缴其枪支。陈挺同志还召集突击队队员开了会，把战斗方案和意图做了介绍，并提醒这是虎口拔牙，千万不能大意。

当天夜里，突击队向村里群众借了便衣、扁担、裆裤、箩筐、竹筒等化了装，每人暗藏一支驳壳枪，于第二天凌晨2点由交通员李阿赠带路从赤溪村出发了。与此同时，陈挺同志也把部队沿着山脊向城关方向靠近，以准备随时接应突击队。

上午9点左右，突击队员在城郊罗汉山附近分散混进了挑柴炭、买东西的群众中一道来到了塔头尾。塔头尾是个商业小集市，背面华峰山有一建善寺，寺中驻守保安团的1个连协助护城，此处我以前曾多次来过，较熟悉，故安顿好战士后便混进群众中到街上去侦察了一番，把敌人在家人数、塔头尾街附近道路及敌人岗哨情况了解清楚后，便回到下街把战士们带到僻静处，介绍了情况，交代行动时应注意的事项，强调一定要速战速决。具体作战任务是：两人放哨以防城内和建善寺援敌，其余分为 2 个战斗小组，由我带一个小组先负责解决哨兵；另一组听到枪声后立即冲上楼去缴枪。行动时间定为中午 12 点，以附近一家店铺的报时钟为准。趁敌人午饭后午休时下手。

过了半个多小时，队员们吃完饭不久，店铺的时钟敲了 12 下，小分队便按时开始行功。由我带领的战斗小组首先接近了敌岗哨兵。站岗的哨兵此时正因没人来换岗在大骂，我乘机抽出驳壳枪猛扑上去一枪结束了他的性命。枪一响，其余的战士便如猛虎一般冲上楼去，还在午睡的六个敌军还来不及问明情况就稀里糊涂地被缴了枪。缴得枪支后，突击队立即撤退。当到达城郊县下塘石桥时碰到一个带枪的民团兵，他见到我们，慌忙把枪丢掉撒腿就跑。突击队队员们乘胜追击，并跟着冲进一个庙里，又缴了该处敌人的步枪 5 支。这时大家仍十分警惕，当时敌人在罗汉山建有两个碉堡，我们便绕道从龙泉庵山上返回驻地。当我军到达水磨坑时，才依稀听到罗汉山方向敌人的枪声，战士们风趣地说："听，敌人放鞭炮欢送我们了。"整个战斗打得迅速利落，在不到几分钟的时间里，只花了一颗子弹就收拾了敌人的两处据点，毙敌一人，缴枪 17 支和部分子弹，而我军无一伤亡。这次奇袭使敌人大为震惊，整个县城整整关了三天城门。由于老百姓传说："红军来了，满街都是，化装成挑炭的，炭篮里藏着驳壳枪……"敌人草木皆兵，硬是把挑炭进城的所有乡下群众都拘留盘查了两三天之后才放行，城内戒严个把月，尤其是那些以国民党反动派为靠山专门与红军作对的财主老爷、地主恶霸更是心惊肉跳，惶惶不可终日，唯恐红军什么时候摸到他们家里来算账！

随后，我军便转移至寿宁及浙江边界去开辟新的游击区了。

新坑口、双厝坪伏击战[*]

林德富

1935 年的冬天，我随闽东独立师一部，在寿（宁）政（和）交界处的新坑口一带活动，我是闽东独立师的一个班长。

一天中午，部队进驻一个只有十几户人家的小村子，我们刚歇下脚，村里的群众急匆匆跑来同阮英平同志报告：从浙江边界入境的国民党军某部一个排刚从这里路过，直扑邻村抢老百姓的粮食，得手后要原路返回驻地。在一旁的战士，得此消息，恨不得立即干掉这股敌军。阮英平同志思考片刻后胸有成竹地说："同志们，时候还早呢，先把凉饭炒一炒，饭可要吃饱哟！"饭后，阮英平、范式人召集班以上干部开了一个小会，研究战斗方案。

绵绵细雨下个不停。我带一班战士埋伏在岭旁的沟壑

---

[*] 本文原标题为《难忘的两次战斗》，收录时做了适当修改。

里，阻断敌人退路；阮英平同志率警卫班扼守岭下亭子；范式人同志指挥二、三班据守左右两侧山坡，待敌完全进入包围圈后，以亭子里的手枪为信号，将敌围而歼之。

时间一秒一秒地过去，夜幕也逐渐降临下来，正当我的上下眼皮不由自主地打架时，忽然，我在蒙眬中听到"窸窸窣窣"的脚步声。我揉了揉眼睛，警觉地往草丛外观察。呀！是敌人。他们正一个跟一个地在我们身边擦过，先头部队已逼近亭子了，可是我身边的战士还在睡梦中，万一被敌人发觉，那就糟了。我从沟底抓了一把沙土向他掷去，一个敌兵似乎被这"沙沙"的响声惊动，将斗笠往脑后推，四处搜索。就在此时，岭下亭子里的手枪"砰"的一声，接着，左右两侧山坡的步枪一齐开火。敌人做梦也没想到红军会在此设伏，被这从天而降的神兵吓怔了。他们不知道游击队究竟有多少人马，一时慌作一团，手里的枪也不听使唤了，只管瞎打一通。我们部队一边集中火力狠狠射击，一边高喊"缴枪不杀，红军优待俘虏！"向岭下冲去。起先，敌人还能抵挡一阵，不多时就被挤往一处，不得不乖乖举手投降。在一片混乱中，有三个敌兵企图携枪逃命，被我抢上一步，缴了其中一个的枪。我班战士跟着喝令另两个放下武器，这两个敌人也只好乖乖地缴了械。

新坑口伏击战，只半个小时就结束了。打得漂亮、利索。

1936 年 9 月下旬，我们转战政和县。部队驻扎在双厝坪背后的一个小山村里。

一天，两名游击队队员到附近购买日用品，一位同志不幸被捕，另一位同志跑回报信。纵队首长估计敌人会跟踪追来，立即将队伍拉到对面山上，加强戒备，严防敌人突袭。

晚上 7 点左右，纵队首长派我带一班战士到山前布哨，我站在山坡上，居高临下地监视着敌人可能出现的方向。

山区初秋的夜晚显得格外凉爽。战士们穿着几件单衣守了一整夜，到天蒙蒙亮的时候，从双厝坪后面的山路上冒出了两个人影，随后又出现了一队人马。显然，敌人是去我们原先驻扎过的村庄，准备在附近进一步搜索。我立即唤醒身边的战士，趴在地瓜园里监视着敌人。眼看敌人到了桥头，怎么还没听到那两个哨兵放枪呢？我当机立断地向敌人鸣枪射击。敌人心虚，以为中了埋伏，又摸不清我们底细，便慌张地在河旁散开，向我方开火。在紧张的战斗中，我想敌我力量悬殊太大，不能硬拼，要斗智，迷惑敌人。我和战士们借着地形地物的掩护，不断转移射击地点，使得敌人"丈二和尚——摸不着头脑"。一个多小时过去了，敌人未能前进一步。

这时天已大亮，纵队首长给我们增派了一支小分队，要求我们一定要牵制住敌军，掩护纵队转移。我想这样拖下去，时间一长，容易暴露自己。于是利用敌人昏头昏脑的机会，命令两个战士吹起了冲锋号，然后大家像猛虎下山似的，迅速向桥头出击。敌人以为遇上了我军伏击，慌忙后撤，爬上险峻的高山。我带领战士干脆"一不做，二不休"，发挥小部队灵活、精干的优势，从山的另一侧抢其制高点。敌人溜得快，逃到了"盖梁"。这是一道山坡，两边比较开阔，中间一条狭窄的地段猛地隆起，活像一个盖梁。这里树矮草稀，岩石重叠，难以隐蔽。我和战士们匍匐在树下石旁，向"梁顶"望去，只见山头乱哄哄的人群中，有四个人影来来往往、指指点点，像是敌人指挥官。"射人先射马，擒贼先擒王"，我命令战士们一起朝着这四个家伙射击，枪声一响，那四个家伙应声倒地。敌"群龙无首"，乱成一团。我乘此机会命令号手吹起了冲锋号。敌人哭爹喊娘地向山后逃去。事后才知道，这次敌人出动 2 个保安团的兵力到寿政边界一带"搜剿"，我们遇到的是敌人先头部队。那山头上的四个家伙，正是敌人的指挥官，两个被我们当场打死，两个被打伤。在追击过程中，我们又打死敌军 10 多人，打伤 20 多人，我方无一人伤亡。

战斗结束后，我们回到部队。纵队首长表扬我们打得勇猛，打得机智。还奖给我们每人一双鞋、一双袜子、一条毛巾和一件短袖衬衣。当地群众看到我们以少胜多，打得漂亮，由衷地说："还是游击队厉害，世界是共产党的啊！"

亲母岭伏击战

黄垂明

1937 年 8 月，我们闽东独立师的 60 多人在叶飞同志的率领下，正在连江一带活动，敌人获悉，立刻派出一个加强连前来"围剿"，妄想扑灭闽东的革命火焰。为了寻找有利战机，彻底消灭敌人这个加强连，我们便从连江一带向宁德老根据地转移。

8 月 17 日深夜，我们到了宁德县溪边村。这是个老区基点村，人们听说红军又回来了，都披衣拖鞋跑出来，向我们倾诉离别之情。有些年轻小伙子，把土炮都抬了出来，要求跟我们去打敌军。有位须发斑白的老大爷，端着灯照了几个同志的脸，拉着同志们的手说："敌人来了连抢带杀，快把我们折磨死了！说什么你们也不能再走了！"这一夜，军民都没有睡觉，老乡们为我们做饭烧水、缝衣补鞋，忙个不停。同志们见敌人傲气十足，早就想打回马枪了，现在又听到老区人民的请求，更决心要与敌人见个高低。

第二天，我们还是照常出发。翻过黄土山，爬上了亲母岭。这时候，叶飞同志突然命令我们停下来。他把那已经戴黑了的草帽向脑后一推，擦了一把脸上的汗水，望着山下自言自语地说："好地形哪！好地形！"我们顺着他看的方向朝下望，嗬！这亲母岭对面是黄土岭，一条清溪在两岭间由东向西流过，四周群山环抱，山下形似洗脸盆，而从黄土岭通往亲母岭的道路正从盆底上经过。同志们纷纷议论说："这回可给敌人找了个好坟地啦！"

在叶飞、阮英平、范式人等同志的指挥下，把亲母岭外通往宁德、霍童、洋中三地的路口都派上"白皮红心"的保甲长。他们的任务是如果敌人来支援，就想办法把敌人缠住；周围数里的山头上，都有群众一面砍柴一面放哨；岭头松林里埋伏着步枪队，黄山岭左侧埋伏着驳壳枪队；桃坑乡的数百名群众抬着土炮，扛着鸟枪、长矛，带着煤油桶、爆竹，也来参加战斗。他们分别隐伏在周围的山头上，亲母岭上设下了天罗地网。

19日上午，亲母岭上静悄悄的，没有一个行人。山上的石头被晒得烫人，头上太阳晒，脚下石头硌，我们额头的汗水顺着脸颊往下淌，可是谁也顾不得这些，仍然注视着敌人将要出现的地方。

不久，在亲母岭东侧小山头上传来了喊声："喂，甘薯被牛吃了！"这是事先规定的暗号，大家抬头一看，只见老大爷两手合成喇叭放在嘴上还在大声喊。同志们忙将步枪子弹推上膛。驳壳枪打开机头，等待着敌人的出现。

骄横傲慢的敌人从黄土岭上翻过，一个个醉汉似的朝山下走来。他们的前卫到了山谷的小溪边，有的坐在岸边擦汗纳凉，有的竟脱下衣裳洗起澡来。直到后来的部队赶上来，他们这才敞着怀，摇着扇子倒扛着枪，或用枪挑着子弹、背包，懒拖拖地向亲母岭上爬。

敌人队伍的后尾已经全部翻过黄土岭，进入盆形山谷。就在这时候，"啪啪啪"，黄土岭左侧立刻响起了激烈的枪声，驳壳枪队在敌人队伍的后尾首先打响了。正在敌人惊疑间，我们埋伏在亲母岭松林中的步枪队也一齐开了火，把敌人打得晕头转向。敌人见前后路均有我军截击，便向两侧的山头冲击。这时候，周围山上的群众也一齐开了火，土炮、鸟枪响成一片，点燃了的爆竹放在煤油桶里，响得又急又脆，就像机枪连射。他们一面打，一面冲呀、杀呀地大喊。敌人更摸不清我们的虚实，便又转向亲母岭冲。在我们步枪队和驳壳枪队的齐射下，不少敌人倒了下去，有的就失足滚下山坡，送了性命。

这时候，我们步枪队和手枪队前后夹击，向敌人扑去，四周的群众，见我们向敌人发起了冲锋，也喊着杀声，一拥而下，顿时杀声震天，应鸣山谷，把那些没死的敌人吓得魂飞魄散。

正当亲母岭混战一团的时候，果然不出所料，从宁德、霍童、洋中来了3支敌人的增援部队。我们派去的那些"保甲长"便截住敌人，假献殷勤地报告说："可不得了，那里有400多名红军，中央军都被打散了！"敌人听说红军很多，谁敢盲目前往救援，便又顺原路回去了。

喊杀声震荡着亲母岭，无数的革命群众和红军战士从四面八方向山下涌来，山谷里到处都是"缴枪不杀！""缴枪不杀！"的喊声。吓得敌人急忙跪在地上举枪求饶。战士们和群众就像在盆里抓小鱼似的，东一个，西一个，一会儿就把敌人搜光了，连这个加强连的曹连长也当了俘虏。

激战进行了3个小时，除打死、跌死、淹死的40多人外，我们活捉敌人70多人，只跑掉3个人。缴获了108支步枪、2挺机枪、5支短枪、200多枚手榴弹和2800多发子弹。

战斗刚刚结束，桃花溪乡几个村的老人和妇女给红军和参战的革命群众送来了热气腾腾的饭菜。

傍晚，我们押着俘虏，群众挑着缴获的枪支弹药，大家高兴地唱着歌，浩浩荡荡地开往桃花溪村。

被俘的曹连长东张西望，莫名其妙，终于忍不住胆怯地问道："你们究竟是红军还是老百姓？"溪边村那个喊牛吃甘薯的老大爷用袖口使劲擦了擦才缴到的步枪，昂着头，花白的小胡子翘了两翘，脸向正前，用眼角瞅着他说："红军就是老百姓，老百姓都是红军，你懂吗？"那曹连长再也没敢抬头。

这次战斗打得敌人心惊肉跳。此后到宁德老区去的敌人，谁也不敢路过这军民共歼敌军的亲母岭。

回忆方志敏同志

乔信明

1934 年，日本帝国主义趁国民党反动派奉行 "攘外必先安内" 的政策，继吞并了东北以后，又加紧对我国华北地区进攻。我们闽浙赣苏区的红军第七、十军团，在方志敏同志的领导下，编为北上抗日先遣队，下面有十九、二十、二十一师，由刘畴西同志任总指挥、乐少华同志任政委、粟裕同志任参谋长、刘英同志任政治部主任。我在二十师任参谋长，志敏同志代表党中央全盘负责此次北上抗日任务，领导群众实行抗日民族革命战争。

但这一行动却遭到了奴颜婢膝、卖国求荣的国民党的痛恨，他们悬赏 8 万元以缉索志敏同志的头颅，并从各方面调遣部队沿途进行阻击。但在志敏同志领导下的这支北上抗日队伍，却深为群众所爱戴、拥护。

一路上我们在群众的帮助下，击退了沿途追击我们的国民党部队。仅一个多月的时间，我们从江西经福建、浙江，到达长江南岸的安徽太平、泾县一带。

志敏同志带领先遣队势如破竹的行动，使帝国主义的走狗惊慌起来，他们把正在追击我主力红军西征的部队，掉过头来，想制止我们北上。在安徽太平县谭家桥一带，敌人集中了比我军多数倍的兵力，对我军进行围攻，使我们受到较大的损失。志敏同志为了保存抗日力量，决定暂回苏区休整，待机北上。于是志敏同志和乐政委、粟参谋长、刘主任等几个负伤的首长率领部队走前，刘畴西总指挥率领主力跟进。

离开苏区时，由于一直在行军作战，很少休息，部队已经非常疲劳，现在回苏区的任务就更加艰巨了。国民党在各个要道口都驻扎了重兵，我们只得走那些艰险曲折、人烟稀少的小山道，突破敌人的封锁，这时又正是农历腊月，天气很冷，树枝上、屋檐下都挂满了又粗又长的冰柱，满山上都冻冰了。先遣队的同志们离开苏区已有两个多月，许多人的鞋子走破了，手脚冻得裂了口。饥饿、疲劳的身体，崎岖难行的山路，单是行军就很困难了，何况还有敌人从公路上抄近路来追击呢。后卫部队和敌人经常只相距两三里路，几乎天天有战斗。一路上艰苦万分，志敏同志和大家一样以野菜和蜂蜜（这个山上蜂房多）充饥，处处以身作则，与士兵共甘苦，带领部队进行着艰苦的行军，指挥着随时发生的战斗。

大约又经过一个月的行军，先头部队通过了乐（平）

常（山）封锁线，进入了赣东北老苏区，而主力部队才到达苏区的边界德兴地区，这时敌人很快就跟上了，志敏同志为了督促主力部队迅速通过封锁线，在布置好前卫部队准备掩护主力的任务后，亲自折返德兴地区。但这时大批敌人已经赶上，时机已失，主力部队七次企图通过封锁线未成，于是志敏同志不得不带着我们回到玉山、上饶县边界地区，想从这里进苏区。记得那天半夜 12 点钟，志敏同志带着我们摸到一个游击区，但是这里的地方党组织有的已被破坏，有的暂时隐蔽，过去不常为人所知道的小路，敌人也都驻扎了重兵。因此一连几个晚上都未与地方党的同志联系上。第六天晚上，好不容易找到一个 60 岁的老头子，他有病走不动路，我们就把他抬着，帮我们做向导。他想带着我们穿过一个山谷走过去，可是两面山上都有敌人。敌人听见有人经过，乱放枪，又把刘畴西同志仅有的一只手也打伤了，他爬山更困难了，我们只好找几个同志把畴西同志抬着走。

七天来，志敏同志带着我们，不分昼夜，不顾雨雪饥寒，冒着枪林弹雨，想尽一切办法，冲出重围，重新组织抗日救国的队伍。这时，他把所有的部队组成一个团，令我任团长，准备最后一次冲过敌人的封锁线。但是敌人越来越多，使我们步步被困，仍未能冲过去。最后志敏同志决定由我带着部队上怀玉山坚持。我们分手不久，队伍又被敌人打乱，方、刘首长就找不到了。

上山后的第二天，敌人放火烧山，使我们无藏身之处。

到第三天的早晨，我就被敌人逮捕了。这天正是农历腊月三十。

第二天，敌人把我关到杭州警备司令部看守所。这是一座二层楼的楼房，上面有许多小房间。我路过这些小房间的时候，从小窗洞里看见了保卫局局长周群、师长李树彬、政委张胡天、组织部部长唐植槐等同志。为了急着打听志敏同志的下落，进房间后，我就用一支没有被敌人搜去的铅笔，在木板条钉的空心墙上钻了一个小洞，用草纸写了一张条子，从小洞里塞过去，向他们打听志敏同志的下落。他们告诉我志敏同志也被捕了，听了这消息我心中万分难过。

四天后，我和李、张、唐、周等又被关到南昌反动派顾祝同行营看守所，在汽车里看到周群同志的一条腿被锯掉了。到南昌后，他们都被送进了小间，只有我和唐部长被关到大间里。

一下监就碰到我们一个团政委张文山同志，他告诉我说："志敏同志也在这里，关在前面的一个小屋子里，到前面草坪上吃饭时都可以看见他。"

听说志敏同志在这里，心中稍有些宽慰。我每次去吃饭的时候，有意走得慢些。一天，果然看见了志敏同志，他的头发和胡须长得很长了，穿着一件蓝布棉大衣，腿上戴了9斤重的镣铐，目光仍然那样敏锐，态度也仍然那样镇静。他这个小房间，除了睡觉的一个单人铺外，还有桌子和凳子，桌上放着笔砚和纸张，这是敌人想要志敏同志给他们写反共文章而准备的，但他们没有得到一点满意的字句，志敏同志利用这些东西在监狱中继续为党做了许多可贵的工作。

他看见我在他的门口，痛苦地点了点头，还没来得及说话，我就被狱卒赶走了。在草坪上吃饭的时候，志敏同志又从玻璃窗里用力地看我，他好像有话要和我说。我端着碗朝志敏同志望去，表示我已知道了他的意思。但我抑制不住自己的感情，眼泪簌簌地直掉，一粒饭也咽不下，我痴痴地望着他，心里想着如何对付当前的问题。

回去时，又经过志敏同志的门口，这时刚好没有人，在此相见，却一时不知说什么好。还是志敏同志先开口说："吃饭了没有？"他含着眼泪问我。

"没有吃！吃不下！"我哽咽着说。

"不要过分激动，保重身体要紧！"他和平时一样关怀地说。

……

就在这天晚上，一个国民党的军事犯递了一张条子给我，上面写着："这次被捕有多少干部？请你将他们的名字告诉我。"我看出了这是志敏同志的字迹，是多么高兴呀！志敏同志的指示，赶走了我身上的寂寞和痛苦，我的心情重新又活跃起来。当晚我就写了一个条子和名单，并向他报告了最后几天的战斗经过。

第二天军事犯又带来第二个条子："请你告诉我哪些人坚决，哪些人怕死，你应该很好地对这些干部进行教育，在敌人面前一定要顽强，怕死是没有用的。"另外还带来一元多钱给我们买菜吃。第二个条子使我更加感动。在这样恶劣的环境里，志敏同志却一刻也没有忘怀崇高的革命事业和他的亲爱的同志们，他不顾一切困难，寻找一切机会对同志进行教育。同样他身为囚徒，却把自己仅有的一点钱给我们买菜吃，这使我感动得流泪了。

为了使志敏同志很快了解情况，我写条子告诉他："同志们都很坚决，都很顽强！"

接到这个条子他很高兴，接着又来了第三个指示："我们几个负责人：方（志敏）、刘（畴西）、王（如痴）、曹（仰山）、周（群）、李（树彬）、张（胡天）等，已准备为革命流最后一滴血，敌人一定要杀死我们的。你们（指坐大牢的）不一定死，但要准备坐牢。在监狱中要以列宁同志为榜样，为党工作，坚持斗争，就是死也是光荣的。"

我万分痛苦地读着上面的词句，反复地背诵着。志敏同志是这样勇敢地面对着他即将到来的痛苦的日子，处理他的生死问题啊！在监狱里他所久久不能释怀的，就是党的事业、中国人民抗日救国的事业，他最痛心的是他将失去为党工作的机会。因此，在这仅存的日子里，就不管自己病与不病，不管敌人给他是枪毙或者砍头，他利用着每一分钟，写文章、写秘密信、写自己工作的经验教训、写向全国人民和全党同志告别的血泪遗书。他了解同狱同志的情况，向他们进行共产党员的气节教育。同时，也积极地准备着越狱的行动。

我一遍又一遍地读着志敏同志用自己的鲜血写成的指示，感激着志敏同志对我的了解与信任，郑重地接受了这一庄严的任务。于是我默默地提着那沉重的笔，给志敏同志写了第三封回信："亲爱的志敏同志，感谢你在这样的环境里，对我的了解与信任，请你放心，你的指示我一定坚决执行！"

对志敏同志的监禁一天天严密起来，从此就没有纸条来了。敌人运用了种种威胁、利诱的手段，听说蒋介石曾和他的私人秘书来和志敏同志谈判，顾祝同也曾以同学的名义想软化说降，可是这一切卑鄙意图，都被志敏同志击退了。志敏同志骂他们："你们这些凶恶的强盗、汉奸、卖国贼、屠杀工农的刽子手，有什么资格来和我谈判，我与你们是势不两立的。"在敌人面前，他进行了坚决的斗争，表现了共产党员的极其伟大的英雄气概。

不久，判决书下来了，正如志敏同志的判断，我们大监里的同志，除我一人判处无期徒刑外，其余都判了 1 年、3 年、5 年、8 年、12 年不等的有期徒刑，判决后就把我们转到南昌军人监狱。从此，我们就和志敏同志分别了。

到军人监狱不久，看守所又转来一个犯人。据他说方、刘等首长已英勇牺牲了，刘、王、曹、周、李、张等首长是公开枪毙的，牺牲时大家高呼"共产党万岁！""打倒万恶的国民党政府！""打倒日本帝国主义！"等口号，志敏同志是被他们秘密枪毙在看守所后院厕所旁边的。那个犯人还告诉我：志敏同志枪毙的那天晚上，他听到后院里有人声、枪声和喊口号声。第二天早上经过志敏同志的房间时不见人了。后来他又到后院去看，发现厕所旁边有一摊血。敌人是多么卑鄙啊！他们害怕人民起来反抗，就偷偷摸摸地把志敏同志杀害了。

我知道他们英勇就义的消息后，心中万分悲痛。我组织了几个可靠的同志在监狱里秘密地举行了追悼会，介绍了志敏等同志的生平事迹，并传达了志敏同志在狱中的指示。在这个会议上，我们都宣誓要继承志敏等同志的革命精神，继续为党的事业奋斗！

挺进师辗转闽北浙西南[*]

王蕴瑞

1934年，红军北上抗日先遣队在谭家桥战斗后，由于连续行军作战得不到休息，非常疲劳，拟回到苏区稍事休息整顿，当部队到达浙赣边的怀玉山地区时，前面是敌人对赣东北苏区的封锁线，后有追兵。

这时，方志敏令粟裕、刘英率领非战斗部队先走，通过封锁线到苏区去。他等刘畴西和后边的部队，拟把部队稍为集结一下，再通过封锁线。这时粟、刘部率领供给部、卫生部、政卫连、在卫生部休养的随队伤病员和已无弹药的迫击炮连、重机枪连，以及部分政治部机关人员，于当晚从敌人碉堡下通过封锁线到闽浙赣苏区内。我们到苏区后，一方面休息，一方面等待后续部队，据从后边跑回来的同志说，大部队在怀玉山附近失败了。

---

* 本文原标题为《有关挺进师的一些回忆》，收录时做了适当修改。

我们到苏区后，后边的部队已经等不来了，这里又不能久留，这时遵照中央的电示，把这些部队编成挺进师，先把这些非战斗人员，编成战斗连队，当时共编了3个支队和1个师直属队（实际上是4个连），支队下设中队（相当于排），中队下是班，共500多人，挺进师师长粟裕，政委刘英，政治部主任黄富武，我是参谋长（当时叫王永瑞），稍许编组后即出发，向南出击，先到闽北方向活动。

我们从赣东北苏区出来后，由于部队小，行动隐蔽，沿途虽然也有战斗，但未引起敌人重视。不久到了闽北苏区黄道领导的根据地，在这里部队得到了休息，同时对部队进行了整顿，开了些会，安置了伤病员和无用的笨重装备。

当我们到达闽北苏区后，即正式向部队宣布：中央红军已经到达云南贵州的边境。这对部队鼓舞很大，部队情绪稳定，又唱起歌来。在这里经过几天的休息整顿，使我们更深刻地体会到，游击队没有根据地是何等的困难。

随后，挺进师开进浙西南的松阳、遂昌、龙泉、庆元等县，该地处浙闽省边界。当我们进入该地区后即把部队分散活动，以发动群众创建游击根据地。1935年5月成立浙西南特委，由宗孟平任书记。6月上旬，宗孟平在龙泉宝溪茶岙岭战斗中牺牲，省委决定由黄富武任书记。同月，又成立了浙西南军分区，由我任司令员，黄富武任政委。

部队以支队为单位分散活动，我和刘达云（后叛变）带领第一纵队活动，这时各部队也打了些仗，影响逐渐扩大，同时也引起了敌人的注意，敌人很害怕我们站住脚扎下根，就加紧对我们"追剿"，兵力也逐渐增加，至 1936 年 9 月，除闽浙的保安团和南京的税警团外，还从赣东北调来一些敌人，不久敌人即调动了三四十个团，几万人的兵力，对我们进行"围剿"，我们的活动范围也逐步缩小。

随着斗争形势的变化，挺进师领导决定把部队集中。这时除了第五纵队尚未收回来外，其余各纵队都已在松阳的白岸地区集中了。

挺进师领导同志在龙泉上田开会，讨论会后对敌斗争方针，会议决定粟、刘率主力南去，吸引一部分敌人，以减轻对这个地区的压力。留下黄富武和我就地坚持斗争。当时特委并无机构，留下 20 多人，另外在外边活动的第五纵队（三四十人）也归特委指挥（我们未联系上），特委归挺进师领导指挥。当天黄昏，粟、刘率领部队下山过龙泉河南去，从此我们便失去了联系。

第二天敌人开始向我们进攻了，很快就控制了村庄、道路，连大山头上也是敌人，从此我们活动就更加困难。我们白天不能活动，只有在夜间活动，不能进村，只有在深山老林里食宿，不仅没有地图，连个指北针也没有。夜间转移，又无向导，常常和敌人遭遇，忍饥挨饿，几天弄不到一顿饭吃，生活非常艰苦，减员又大，最后只剩下我们几个人了。因夜间爬山在荆棘丛中穿来穿去，我腿肿生疮加上有病行走困难，他们走走等等已影响行动，黄富武同我商量后，找到一个山棚，和群众说好，把我安置在那里养病，留下一个同志和我在一起，分手时他对我说找到部队后来接我。他们走了，几天后群众把我秘密转移到村子里养病，待了几天，我从报纸上看到黄富武被俘的消息，对我震动很大。

我又是北方人，口音不对，很容易暴露，觉得难以埋伏下来，就这样回家养病了。病愈后开始了新的革命斗争。

浙南党组织的发展[*]

杨　进

1935 年冬，浙南革命青年吴毓、陈铁军、何畏（即黄先河）等先后从上海回到浙江平阳，和在当地一直独立坚持斗争的老党员叶廷鹏会合，建立起浙南红军游击队。

1936 年 4 月，我放弃了公开职业，从南京回平阳和他们一起参加斗争。5 月，叶廷鹏、吴毓等宣布成立中共浙南临时革命委员会的领导机构，我被吸收参加该组织，任宣传委员。这个组织后来自称为党的浙南特委，领导已建立的瑞安、平阳等地党的县委及区委的一些基层党组织。

浙南临委为了取得党的领导，设法通过有关同志，与上海的地下党取得联系。同年初夏，组织派我到上海，与上海党组织接关系，并给我两个任务：一是向上海党组织汇报浙南斗争的经过和目前情况。二是顺便到南京，找伪军政部学

---

[*] 本文原标题为《浙南党组织和上海党组织联系的经过》，收录时做了适当修改。

兵队内秘密组织的陈阜联系，要一批军事干部来浙南参加斗争。

我接受任务后，于7月初到上海，找到王书圣（当时他在国立上海医学院解剖室任职员）。王即说："长久没有党组织的人来了，我已经初步汇报了你们的情况，你再写一份书面的报告。"我就在他的宿舍里写好一份关于我们的组织状况、武装活动、干部状况等书面报告交他转给上海党组织。

在上海等候期间，我到了南京伪军政部学兵队找到陈阜，向他谈了平阳的情况。第三天和陈阜见面时，他告诉我：已决定八个人去浙南，由他们分别开小差到上海会合。我给了他们到沪的联络地点后，随即去上海。

返沪后去见王书圣，被告知上海党组织决定约我第三天在他的工作室里碰头，来和我见面的是当时中央特科成员潘子康。就这样，浙南临委和上海党组织接上了关系。从7月上旬到9月上旬，我三次往返于浙南、上海之间，获得了《十二月决议》《八一宣言》《红军将领给蒋总司令及国民革命军西北各将领书》等文件，由王书圣帮我密写后，带回浙南。这时，从南京学兵队开小差出来的八个同志也到了上海。根据潘子康的意见：组织刚遭破坏，一下那么多外地干部到浙南，难以承受，八个人中的王太然等四人直接由我带回浙南，参加当地斗争；另外四人留下，由组织保送到陕北，进红大学习。

1936 年 9 月，我第三次去上海和潘子康见面，潘子康代表组织向我宣布："你们和上海党现在算是正式建立组织关系，关于工作和斗争怎么搞，陕北中央苏维埃驻沪代表冯雪峰给你们一封信，会详细谈及的。关于你们的组织问题，有待于请示中央后才能解决，目前我们派不出干部去领导，你们可选派干部来沪，转送中央学习后回去工作。"并指定我担任浙南和上海党组织之间的交通联系。

第三次接头后，我从上海回浙南路过瑞安，遇到何畏，他说刚从刘英那边回来，并说刘接到中央文件很重视，做了传达布置，还密写了一份报告给他转送上海。我当即告诉他："上海党组织已决定抽调吴毓、林心平去上海学习。吴毓去后，你需要留下主持工作，不能离开，该报告是否可由林心平带去。"何畏同意了。林到上海后，即把刘英的报告交王书圣转给上海党组织。

我们回到瑞（安）平（阳）边界山区后，把冯雪峰致浙南同志的密信显示出来，给有关干部看。信的内容大意是：要我们坚决执行党的抗日民族统一战线的政策，并对工作要求提出指导性意见。其中对组织问题，明确地指出："你们建立的浙南临时革命委员会，不能作为党的领导机构，这事要请示中央才能解决，但为适应统一战线新形势，可以用'浙南抗日救国委员会'的组织名义来实施领导。"

同年 10 月，我随游击队活动时，上海党组织通知我，说有一份给闽浙临时省委的信寄给我，要我转送。大约在

10 月底，我收到了这封信，即交给了何畏。但由于敌人正在"清剿"，和临时省委一时无法联系上，何畏与我共同决定先把这封信显出，才知道这是上海党组织收到刘英报告后的回信，内容大意是说明当时上海党组织，不是"中央局"，而是党的特殊组织，省委报告收到后已转送中央，要解决的一些问题，如电台问题等请派干部来上海。这封信过了一段时间后，才送到临时省委。

我们浙南自发组织的红军游击队，在和上海党组织接上关系，开始和正规红军刘英、粟裕部队取得直接联系后，干部情绪很高。在 1936 年 9 月以后，接连几次攻克国民党军据点，取得胜利。到 1937 年 2 月，这支队伍已有 100 人枪左右。但在党的组织领导等方面，如组织建制、若干干部党籍问题（在不少地方发生非党员发展党员的情况）、建立党的组织等，都拖在那里，未能解决。

由于存在这些问题，1937 年 2 月，我在叶廷鹏同意后，第四次去上海找党组织，要求帮助解决。但我到了上海，组织上通知我留在上海学习，由我担任临时省委的政治交通。把吴毓派回浙南，由他带回上海党组织给刘英的信，要闽浙临时省委对浙南存在的问题，就近加以解决。从此，闽浙临时省委就直接和上海党组织建立起交通联系。

1937 年 3 月，刘英、粟裕带领闽浙临时省委机关和红军部队进入瑞安、平阳一带平原活动，和浙南的干部会合，任命何畏为白区工作团团长，开展了温州地区的城市青年工作和各阶层的统战工作。浙南临时革命委员会及其所属组织和浙南红军游击队，正式归闽浙临时省委和闽浙军区统一领导，并整编浙南红军游击队为正式红军。

毛阳山上打游击

张人远

北上抗日先遣队失败后，我们先遣队余部改编为红军挺进师。1935 年秋天，敌人开始筹划对浙西南游击根据地进行第一次大"清剿"时，我们第三支队以班为单位，分散在浙西南地区的仙霞岭一带做群众工作。我们班共有 13 人，我是班长，在遂昌县的毛阳山一带打游击。

8 月间，我们驻在毛阳山下的后山岗村。一天早晨，情报员老郭从浦城跑来报告："驻福州敌人的一个补充师师长，明天上午 9 点钟乘汽车经浦城去浙江金华。"得到这个情报，我们立即开了个班务会，研究袭击敌人的办法。房东李老大爷听说我们要去抓敌人师长，自告奋勇为我们当向导。黄昏时分，我们八个人便在李老大爷的带领下出发了。

夜空挂满了闪烁的星星。我们沿着蜿蜒而崎岖的山路，直向预定地点——浦城、水古交界处的险峻高山走去。到了伏击地点，我掏出怀表一看，才 3 点多钟。"好快呀！这趟路是 40 公里呀！"李老大爷惊奇地叫道。

我们休息了一会儿，揩干了身上的汗水，开始察看地形。然后，我们八个人分成两组，就在这里埋伏起来。

天亮不久，远处一连过来两辆车，都是货车。这时一个战士不耐烦地问我："班长，怎么搞的？敌人怎么还不来呢？"我知道大家心里都很急，连忙说："沉住气，同志们，若是天黑敌人还不来，我们再做打算。"

不久，在离我们一两公里远的公路上出现了一部小汽车。"班长，这回准是！"副班长王金才高兴得嘴都闭不拢了。说话之间，敌人已进入我们的伏击区。我们八个手榴弹一起飞了出去。顿时烟尘弥漫，汽车不动了。副班长带着三个战士向汽车左边冲去；我领三个战士奔向汽车右边。冲到汽车跟前一看，驾驶员和两个士兵死了，有个军官也被炸得满脸是血，动弹不得，我一把把他拖了下来。一问，正是敌补充师师长，由于伤势过重，不一会儿便咽了气。

这次，我们缴获了长短枪 4 支、子弹 300 多发、手榴弹 30 枚。我们扛着战利品，顺利地回到了毛阳山的后山岗村。村里的群众都涌出来欢迎我们。当天下午还特地杀了一口猪慰劳我们。第二天，我们又转移到毛阳山南的刘岗沟村去。

伏击了敌补充师师长以后，敌人出动了 2 个保安团，向我游击根据地疯狂进攻。一进入游击区，就在毛阳、株池、高潭口等主要地区修起碉堡，在山口搭起哨棚。又实行移民并村，把老百姓赶走，粮食运走，房子烧光，连青菜也拔得一棵不剩。但是，他们不搜山，也不烧山。据毛阳坡下村一位老大爷上山来告诉我们，敌团长曾吹牛说："我们不打他们，饿也要把他们饿死在山上！"敌人以为这样就可以割断我们同群众的联系。其实，不管敌人封锁多么严，刘岗沟村的群众仍然常常冒着生命危险，给我们送粮食来。

我们13人分成三个小组，在群众支援下，积极地展开了反围困斗争。闹得敌人日夜提心吊胆、惶惶不安，也摸不清红军游击队到底有多少人马。敌人看围困的办法不能消灭游击队，就开始了大搜山。

一天，我们隐蔽在毛阳东南二三十公里路的山上。山下是一条大路，山左右都是悬崖绝壁，山上杂草丛生，森林茂密，不见天日。我们以为敌人不会搜这块"死胡同"地带，就绕道爬上了这条山岭。

我们在山腰的岩石后面，杂草树丛里，每隔十多步远，就埋伏一个人。大家决定：敌人不来便罢，来了就用磨得锋快的长矛和他们拼。

一会儿，敌人真的上来了。一个班的敌人呈一字队形，咋咋呼呼地向我们慢慢爬来。我们都紧握长矛，一动不动地隐蔽着，等敌人走到跟前，所有的长矛突然从岩缝、大树后、草丛里刺了出去，一矛一个，不一会儿工夫，把一个班的敌人全部报销了。我们估计敌人还要接二连三地上来，便把死尸的帽子取下来顶在茅柴上诱惑敌人。不久又有一个班的敌人向我们爬来，他们大概是看见了帽子，以为前面的人已经爬上了山腰，把游击队逼上了山顶呢，一个个吆吆喝喝，毫无戒备。谁知道还未爬到帽子跟前，又遭到了我们的突然袭击，全部被歼。这下子敌人发觉上当了，一个敌排长亲自带了2个班的敌人，一面向我们隐蔽点射击，一面往上爬。我们就迅速地分成两个小组，转移到两侧岩石后去埋伏。敌人快接近我们原来埋伏的地方时，停下来连着打了几排子弹，而后便像疯狗一样向上猛爬。趁着敌人累得呼呼直喘、筋疲力尽的时候，我们从两边一拥而上，突然和敌人展开了肉搏战。副班长王金才同志，两臂和耳朵都负了伤，仍毫不在意，继续与敌搏斗，接连刺死了七个敌人。敌排长也在长矛下完了蛋。剩下的几个敌人不要命地向山下滚去。这场长矛战，共消灭了50多个敌人。我们战斗了一天，又饿又困倦，为了保存力量，这才转移了阵地。

敌人第一次搜山失败后，又想出了更狠毒的办法，逼着三四百个老百姓同他们来搜山，要群众在山林里边走边喊："游击队同志，出来吧，我们是老百姓，给你们送粮来了！"敌人则在大小路口架起机枪，等我们一出来就射击。可是受骗的不是我们，而是愚蠢的敌人。

敌人无数次的搜山"围剿"，都没有抓到一个游击队队员，便放火烧山。烧了一个多月，把毛阳山几乎烧遍了。敌人以为我们都被火葬了，岂知我们却隐蔽到仙霞岭脚下河沟旁的树丛里，连一根汗毛也未烧掉。

一天，我们找到了一个险要的山谷，山谷中有一深洞能容百来人。我们全班就在这里住下，采野菜野果充饥，度过了十几天。

12 月间的一天早晨，哨兵突然发现附近几个山岭都被敌人占领了。情况十分严重，我们决定突围。还没动身，300 多个敌人已沿着山腰的小道，从左右两侧包抄过来。

敌人离我们只百来米远了，我们便一起猛烈地射击。前面的敌人饮弹而倒，后面的又涌了上来。敌人被打死了好多，但还是不断地涌上来。为了保存自己的力量，我们迅速撤到另一高地。一部分敌人紧跟着追来，情况非常危急。山顶上是悬崖绝壁上不去，山腰两侧的道路又被敌人堵住了，下面是一个深潭，无路可走。怎么办呢？我站在悬崖上往下一看，在深潭左侧有一块丈把宽的盆地，全是青石头，只有石缝里长出了几丛杂草。盆地离我们站的地方约有 20 多米高，悬崖下有石洞，可以隐蔽，敌人的手榴弹、步枪都打不到。我对大家说："同志们，跳下去。要注意往那几丛草上跳。"霎时间，全班同志都奋不顾身地跳了下去。有的同志跌昏了，不久就清醒过来；有几个同志摔坏了手脚；赵宝山、李金秀却光荣牺牲了。我们钻进了悬崖下的石洞，等着敌人跳崖追来，好消灭他们。可是胆小的敌人却不敢前进。机枪、步枪也不响了。我们在石洞里，可以清晰地听到敌人在上面吵嚷着："游击队都摔死啦！""过不去啦，要跳下石崖就活不了命啦！"敌人咋呼了一阵，就走了。

战斗结束，天已黄昏。我们掩埋了同志的尸体，怀着为烈士报仇、坚决和敌人拼到底的决心，沿着深潭的边沿，攀着树木杂草，蹬着岩石，爬上了山腰，顺着羊肠小道，转移到另一座深山中去。

严冬到了，身上破烂的单衣已不能御寒，我们只好在岩石洞里，围着篝火，大家依偎着过夜。三个多月粒米没沾牙，净吃野菜野果，个个饿得面黄肌瘦。在这种万分困难的情况下，班里个别同志思想有些浮动。一天，有的同志愁眉不展地问我："班长，我们在这里坚持六个多月了，敌人也没有退走，究竟到什么时候才能胜利呢？"根据这个情况，我们召开了党小组会。统一了思想：六个月的斗争，我们消灭了敌人150多人，就是很好的证明。我们有党的领导，有群众的支援，有无数兄弟部队在其他地区活动的配合，只要坚持下去，一定会取得最后的胜利！

我们没有棉衣穿，没有房子住，粮食也断绝了，但坚持和敌人斗争的决心丝毫未受影响。

有一天，偶然有几只野猪从我们跟前蹿过，我心里一动：这不是很好的口粮吗？便跟踪观察，找到了野猪经常走的道路，于是在那条路上挖了一个口小底大的深坑，上面盖上树枝和泥土，放上野果。第二天清早去一看，陷阱上的土塌下去了，里面还发出吱吱的叫声。我们果然捕获了一只300多斤的大野猪，大家饱餐了八九天。还有一次，我们捉到了几只小猴子，吃猴子肉，大家都是头一回，不知是烤好呢，还是煮好，最后还是剥了皮在火上烤熟吃了。虽然没有油盐，味道却蛮鲜的。

为了坚持斗争，乘机打击敌人，我们又转移到毛阳山西南部的一个山区。

我们在石洞中住了十多天，没见敌人动静，就决定下山去了解敌情，联系群众，扩大队伍。我和副班长分了工，他带几名战士在山区打游击，我带两名战士深入敌占区去活动。

我们到了敌占区——毛阳山南部的一个村庄。天黑时我们进了村子，我到一家贫苦人家，这家有老两口儿和一个小孩。我们刚一进屋，老大娘吓得发抖。后来听说我们是红军，老两口的脸上才露出笑容，留我们住下了。他们告诉我们，敌军在这一带村庄扰乱了好几次，将粮食抢劫一空，把青年人都抓走了。只有外号叫"土霸王"的上梅村大恶霸住在家里。这"土霸王"平时无恶不作，鱼肉乡里，并曾多次纠合县城保安队来"围剿"我们，几次被我们打败，但始终没有抓住他。所以，一听说他仍在这里为非作歹，我们立刻决定消灭他，为民除害。

半夜，我们摸着黑，冒着寒风小雪，赶到了上梅村。我们三个人从三面把他的住所包围起来。我虚张声势地喊道："各排注意，包围！"枪声一响，我就闯入室内。"土霸王"果真不知道我们的虚实，吓得抱头鼠窜，当场被我击毙了。

之后我们还到江山的八都、二十八都袭扰敌据点。后来我们下了山，经过短暂的休整，做了一些群众工作，扩充了五名游击队队员之后，又在闽浙赣交界地区，继续和敌人展开了顽强的斗争。

艰苦奋斗得胜利

刘正法

1935 年 1 月，红军北上抗日先遣队在怀玉山失败后，根据中共中央指示组建了红军挺进师，我被分配在供给部当运输班长，分管师部的钱财。那时我们有不少银圆，运输班的同志既要背武器，又要背银圆——用米袋装银圆背在肩上。我除背枪和银圆外，还有几十个金戒指串在裤带上，系在腰里。

2 月底 3 月初，挺进师南下，日夜翻山越岭，经过了敌人许多道封锁线，渡过了信江，到达闽赣边境。但在江西铅山县境内，突然遭到敌人的伏击，战斗很激烈，子弹在我耳边呼啸，师部的一部电台被毁，我差点把银圆丢了。4 月间，我们带的钱很快就用完了，眼看部队日夜行军打仗，吃一餐饿一餐，有时粮食搞不到，就吃野菜、草根，师部几十个人吃饭也成问题，急得我全身冒汗。

一天晚上，部队到达景宁县三湾村宿营。一位农民跟我说："我们东家跑了,家里埋有许多银圆。"原来他是地主家的长工,但银圆埋在哪个地方他不清楚。得到这个消息后,我和运输班的四五个同志,晚饭也顾不上吃,在那个地主家的屋前屋后、屋内屋外到处挖,挖了七八个小时也没有挖到,又饥又渴,有的同志有点泄气了。但当大家想到刘英说的"没钱就没饭吃"时,又振作精神四处寻找,终于在厨房间的地板底下半公尺深处挖到了七八大坛银圆,刚好1万元。

1935 年 9 月开始,敌人调动大量兵力,向我浙西南根据地发动了第一次大规模"清剿"。1936 年 2 月初,闽浙边临时省委在泰顺县峰文村召开会议,研究决定临时省委和挺进师领导机关分开行动。粟裕率领挺进师主力在浙西南行动,刘英率领省委机关在福鼎、泰顺、瑞安、平阳等地开展工作。这时我已调到省委警卫班当警卫员。

3 月中旬的一天夜晚,刘英率领我们这支小部队,去袭击福鼎黄家山敌据点。由于领导指挥果断,同志们英勇善战,不到一筒烟工夫,就歼灭闽保陈佩玉团的 1 个排,缴获机枪 1 挺、步枪 20 多支。4 月 30 日,刘英率领省委机关人员和我们警卫班在鼎泰区南峰山伏击了敌人,歼灭敌人 2 个排,缴获机枪 1 挺、步枪 10 多支。后来又打了几次胜仗,部队不断壮大。

这时斗争仍然十分艰苦,敌人到处扎营,在各交通要道设立关卡,山上建立瞭望哨,我们的活动很困难。怎么办?

根据地方同志的建议，我们钻到敌人的据点里去，住进保甲长家中，白天躲在楼阁上，晚上出来活动。敌人万万没想到我们会钻进他们的据点里，保甲长权衡利弊，不敢向国民党当局和军队报告，怕受到我们的惩处。住长了怕被敌人发觉，我们常换地方，跟敌人兜圈子。一时进入林木茂密的山区活动，一时又跑到边缘地区活动，搞得敌人晕头转向。

刘英在皖南谭家桥同敌人作战时负伤，右手腕粉碎性骨折还未痊愈，因为战斗频繁，生活艰苦，右手伤口又复发了，肿得很厉害，身体很虚弱。眼看他越来越瘦，眼睛都陷进去了，我们几个警卫员一时既搞不到东西给首长吃，又搞不到药给他治病，难过得流泪。刘英同志见我眼泪汪汪，走过来拍着我的肩说："革命同志可不能哭哩，暂时遇到点困难怕什么，咬咬牙就过去了。要振作起来，革命总是要胜利的。"我点点头，用袖子擦了擦眼泪，马上和另一位警卫员跑到一户山民家里买来四颗鸡蛋，两颗煮给刘英同志吃，让他补补身体，两颗用来当药敷在他的伤口处。还想办法从另一户老百姓家买来几斤番薯丝，煮成番薯粥，暂时给大家充饥。

1936 年 6 月，两广事变爆发，蒋介石将"清剿"挺进师的大部分军队调离浙江。形势对我们十分有利，各地捷报频传，根据地迅速得到恢复和发展。

1936 年 12 月，刘建绪由杭州赴江山接任闽浙赣皖边区公署主任，调集三四十个团兵力，对我们发动第二次大规模

"清剿"。这次敌人以浙南游击根据地为主要进攻目标，采取拉网式的战术，妄图将我军包围聚歼。针对敌人的"大拉网"战术，我们分散游击，声东击西，隐蔽行动，避实就虚。

有一次，我们在平阳县蔡垟村遭到敌人的包围。警卫班阻击敌人，掩护刘英和机关人员撤退。战斗非常激烈，由于敌众我寡，在突围中警卫班三个同志牺牲。撤出蔡垟村后，我们渡过飞云江，来到瑞安县的五云山一带活动。

1937 年春的一天下午，我们在温州与青田交界的西坑和敌人发生了遭遇战，因敌我力量相差悬殊，警卫班奉命掩护机关人员撤退，我右耳被子弹打穿，鲜血直流，最后昏倒在地，由一位警卫员背着撤离阵地。

敌人企图把群众和红军隔开，消灭红军游击队，采用移民并村、焚烧边区零散房屋、按人口配给居民粮油盐等手段，使我们的处境越来越困难。生活十分艰苦，经常饿着肚子跑路打仗，有时甚至连草鞋也没得穿，有的同志就这样累死、饿死在途中。在敌人大搜山时，就在树底下睡觉，下雨天，几个人背靠背，头上盖块油布，有时就躲在山洞里。为了避过敌人的进攻锋芒，我们跑到了福建省福鼎县的一个小岛上，度过了好几天。后来我们又跑到瑞安县陶山一带活动。

直到 1937 年 9 月中旬，刘建绪派代表到平阳同刘英会谈，达成合作抗日的协议，在浙南长达 1000 多个日日夜夜的艰苦斗争中，我们终于夺得了胜利。

在浙闽边根据地开展斗争[*]

廖义融

我家在福鼎县楠溪八斗村。1935 年 10 月，（福）鼎平（阳）县委派周钦明来开展革命活动。后又有陈德胜、老邓等同志来。活动方式先是一户一户串联，后是一个村一个村搞。这些同志，都是从福鼎县、（福）鼎泰（顺）区来的。活动地点，一是以八斗村为中心；二是以白石村、五斗村为中心；三是闽东特委派人过来，活动的主要地点是柘荣县境内的壮坑、双尖等地。11 月，八斗村交通联络站成立了，担任交通员的是我父亲廖颜俊。后又建立了白石村交通联络站，交通员是李新群。

1936 年 1 月，刘英、粟裕率领中国工农红军挺进师 400 多人，到达桐霞县桐北区的茭垟与故林之间，马未下鞍，人未休息，就打了一仗，击退福鼎国民党军的一个团，打死敌

---

* 本文原标题为《坚持浙闽边根据地斗争的回忆》，收录时做了适当修改。

人20多个。当天下午，红军沿着茭垟岭下来，经过楠溪小街路，到八斗村时，又同国民党军打了一仗，打死敌连长一人，打伤士兵多人。当地群众欢欣鼓舞，拍手称快。

在八斗村红军稍事休息，继续前进时，我哥哥和村里七个青年农民就自动替红军抬伤员。部队进到石板儿地方休息，战士们因连续行军、作战，已是十分疲乏。但刘英、粟裕同志却毫无倦容，他们既要研究前进路线，照看部队，一路上还非常关心抬担架的八个农民。刘英看到一个叫黄阿追的农民赤着脚抬伤员，就把他自己穿的力士鞋送给黄阿追穿。那天晚上，部队到达泰顺县彭溪宿营时，已经是晚上10点多钟了。刘英发现还有一个农民没有被子盖，就把他自己的毯子拿来给他盖上，他又招待香烟，又谈家常，亲如一家人。完成任务后，还发给每个人路费。这使我们非常感动。

这八个青年农民回家后，就在村里把所见所闻和亲身感受，向广大群众宣传开了，真是说得人心情激动，听的人点头称赞。后来很多农民纷纷参加了红军。那年我14岁，也参加了红军挺进师。

那时，闽浙边临时省委同部队通信，或者与地、县、区委通信，全凭两条腿奔走。为了安全，我们经常化装为放牛娃，光着脚板爬山穿林。有一次，我刚完成任务回来，正逢同志们在领鞋子。刘英看到我的两脚都出血了，就拿了一双新鞋，关心地叫我穿上。我说："不行啊，穿了鞋，脚就白了、嫩了，要是再遇见敌人，那会被敌人发现的。"他点点头，心痛地说："那就叫你的脚吃苦了。"

1936 年 8 月，我们部队进驻在福鼎县前岐区的李家山。一天夜里，刘英正同十多位县、区干部在研究关于抗租、抗粮、打土豪、分青苗的斗争和培养积极分子的工作。地方同志送来情报，说南宋（现苍南县矾山镇）的国民党军明早要来偷袭。当时，在刘英、粟裕身边的红军部队只有 100 多人，他们迅即布置了作战方案，并发动广大群众，撒下天罗地网，作为建立李家山苏维埃政府的献礼。

8 月 19 日凌晨，刘英、粟裕各率一支精兵，扼守在叠石山和黎山的两条要道上。无数用梭镖、大刀武装起来的群众，则隐蔽在周围山头，配合红军作战。这时，山上山下静悄悄。愚蠢的国民党军果然自投罗网，浙江保安团驻平阳矾山的 1 个连，在姓葛的连长带领下，摇头摆尾向李家山蠕动而来。他们在矾山抓了一个叫叶甘登的农民带路。叶甘登则一路走一路盘算，巧妙地把敌人领到容易被红军发现的山路上，而自己却在拐弯处突然滚进荆棘丛中，直奔李家山向红军报信。

敌人跑了向导，军心先自动摇，那个连长把队伍由半山腰改道向黎山与叠石山之间迂回上来。严阵以待的军民，注视着步步逼近的敌人。直到只有几十米距离时，刘英一声令下："同志们，打！狠狠地打！"顿时子弹横飞，杀声四起，敌人措手不及，伤亡一大片，东西逃窜。那个姓葛的连长连忙收集残部，妄图抢攻高地，伺机反扑。

当敌人爬上制高点时，我军最后的围歼开始了。长短枪、手榴弹像暴风雨般撒向敌人，四周山头上的红军战士、游击队员和群众刀光闪闪，喊声震天，"缴枪不杀！""红军优待俘虏！"的口号声响彻山谷，只见敌人死的死、伤的伤，余下的纷纷举手投降。个把小时后，全歼来犯之敌，缴枪百余支，俘敌110人，红军则无一伤亡。

在清点俘虏时，前来报信的叶甘登说：那个姓葛的连长不在其内。大家正在谈论便宜了他这条狗命时，黎树村妇女梅英报信来了。原来这个家伙在战乱中逃进了黎山顶上的树林里，被梅英发觉，她看清是个当官的，就用计把他引到她家中，藏在谷仓里，然后反锁上门，就报信来了。刘英、粟裕、郑丹甫等同志都表扬她机智勇敢，请她参加李家山祝捷大会。

因革命工作需要，1936年9月我从省委机关调到中共桐霞县委机关工作。桐霞县委是在1936年4月正式成立的，下辖桐北区、西北区。桐霞县委有计划地秘密建立交通站，培养选拔交通员。到1936年6月，除原来的八斗、白石两个交通站外，又在福鼎县南溪区的丁步头、坑底村、茭垟、故林、小樟、银铜、楼下村、龙潭西、梅花岩，泰顺县大平区的彭坑、清明坳、杨梅潭、双溪口、柘坑下、茗洋、半岭等地建立了交通站。这样，红军的耳目灵敏，敌人一行动，交通员就来报告消息。红军每次作战，还有地方游击队和群众配合。有些交通员，本身就是游击队员，在战斗中发挥了很大作用。

为了发动群众、组织群众、武装群众，保卫秋收斗争，桐霞县委在楠溪、古岭、故林、仓楼等地，组织贫农团、赤卫队，抗租抗债。工作有了基础，就通过层层发动，骨干带头，公开号召群众参军。桐霞县游击中队（后扩大为大队），就是在青年参军的热潮中组建起来的。同时，各区建立了"肃反"队，各村建立了赤卫队，配有大刀、土枪、土炮等武器，配合红军部队作战，保卫我们的根据地。妇女会员、儿童团员对陌生人进村，随时进行跟踪，发现可疑情况，立即向赤卫队、"肃反"队报告。

同年10月，根据闽浙边临时省委指示，将桐霞县的游击大队、各区"肃反"队共500多人，全部编入红军挺进师，并调县委机关和各区委干部到泰顺区、太平区工作，有的同志，因来不及撤走，被敌人重兵封锁过不去而不幸牺牲。

这段时间，斗争仍然很艰苦，我们在泰东南区工作的17位同志，后来只剩下刘宝生、柯阿干、老徐和我四个人。再后来，我们又回到省委机关。而桐霞县的白石、五斗、八斗等地的革命红旗始终不倒，从土地革命时期一直坚持到全国胜利。

长岭缴枪

陈文炎　陈　棉

　　1936 年 6 月，国民党当局调兵遣将，大举进攻我们常太游击根据地，准备第三次"清剿"。为了粉碎敌人的"清剿"，扭转被动的局面、解救受害的群众，以刘突军为首的游击队领导人，认真分析了敌我情况，决定采取"调虎离山"之计——攻打长岭敌军据点，逼迫敌人撤回"清剿"的敌军。

　　长岭位于莆（田）仙（游）交界处的郊尾附近，是福厦公路的一个交通要塞。敌在长岭下驻扎了一个排的兵力，主要是为了控制住这一交通要道。这里地处敌占区，平时游击队很少在这一带活动，所以敌军防守不严，这就为游击队袭击敌人提供了有利的条件。但由于此地距莆田县城和仙游郊尾较近，便于敌军援救，因此战斗只能速战速决。

　　为了确保战斗的胜利，在袭击长岭敌据点的前两天，刘突军派两个人前往侦察。党的干部陈建新化装成理发员，游击队队员黄仲棋扮成挑货郎担的小商贩。当天中午，他们相继来到离敌据点不远的一个卖糕点的小店铺，边歇脚边同店主闲谈，打听敌人驻守的情况及生活规律，然后又特地从敌据点前经过，观察敌军的兵力布防及周围的地形地貌，发现敌人除了在门口设了个流动哨外，其余的都龟缩在屋里。陈建新和黄仲棋摸清敌人底细后，画了一张敌据点的地形及兵力分布图，向刘突军做了详细汇报。刘突军根据侦察的情况，召集游击队骨干进行分析讨论，认为要攻打长岭据点，使敌措手不及，应在早上敌人未起床之时解决敌哨兵，是确保战斗顺利进行的关键。

战斗步骤确定以后，刘突军挑选了何凤苞、叶元武、叶元和、钟祖谋等20多名富有战斗经验的老游击队员，组成临时小分队。我们俩和陈永宜是本地人，熟悉莆田、仙游这一带山区的地形，也参加了这次战斗。小分队带上了3把驳壳枪、10支长枪和一部分子弹，前去袭击长岭敌据点，大部分人员和武器都留在根据地对付"清剿"的敌人。

做好一切战斗准备后，刘突军集合队伍进行简短的战前动员。小分队在仙游游洋的山坪洋村吃了晚饭后，每人领了五个馒头当夜点，备了一根木棍做拐杖探路。

20多名游击队队员在刘突军带领下，趁着朦胧夜色，沿着山间的崎岖小路，避开敌人的包围圈，向长岭行进。前面由四个人探路，按事先约定，如果没有意外情况，后面的依次跟上。由于山高坡陡、林深路滑，加上夜间行军，有的队员脚被乱石划伤了，有的队员衣服被树枝剐破了。但是，由于要去执行任务，大家的心情都十分激动，并不在乎这些，只管摸黑疾进。

经过几个小时的急行军，队伍于下半夜到达莆田广化寺后面的小山坳。刘突军命令大家原地休息，并告诉队员："现在离长岭不远了，马上就将进入平原地带。此处靠近莆田县城。容易被敌人发现，大家行军时要注意隐蔽，不要吸烟，以免暴露目标。"接着，队伍继续前进，从华亭附近的草坪亭地区涉水过溪，进入长岭敌军防地。

当接近目的地时，天已微亮。恰好这天白雾茫茫，给我们提供了有利的条件。刘突军让我们隐蔽在一片小树林里，再次派人进行侦察。侦察人员回来报告：除哨兵外，其余的敌人都在睡大觉。刘突军即派出两个队员去切断敌人的通信线路；指挥一部分队员埋伏在据点的周围，占领有利地形；带领另一部分游击队队员在浓雾的掩护下迅速接近敌据点。

在距敌据点只有十多米远时，何凤苞、钟祖谋、叶元武、叶元和等四人从侧面迅速靠近敌哨兵。这时，敌哨兵恰好转过身去，背着风点火抽烟。何凤苞猛扑上去，一跃而起，紧紧抱住敌哨兵，另一个队员赶紧用破布堵塞哨兵的嘴。这时，刘突军即带小分队冲进敌据点。我们十个人冲进屋内，端起敌人的枪支，对准床上睡懒觉的敌人。刘突军大声喊道："不许动！你们被包围了！想活命的，老老实实地躺着！"床上的敌人正睡意蒙眬，突然遭此袭击，一下不知所措，摸不清我们游击队的底细，只好乖乖地躺着不动。就这样，我们不费一枪一弹，顺利地缴获了长枪 18 支、军装 10 多套、子弹几百发。

为了防止敌人增援，刘突军命令小分队抓紧时间打扫战场，清点战利品，并把敌人集中起来进行教育，刘突军说："我们共产党人主张枪口对外，一致抗日，今天我们来缴你们的枪，为的是筹枪抗日。你们愿意抗日的，同我们一道走；不愿意跟我们走的，可以回家；路程较远的，还可以发路费。但是如果想当汉奸，小心自己的下场……"最后还扬言："数日内我们将攻打莆田县城！"

处理好俘虏后，小分队立即撤出长岭据点，转移到莆田华亭龟山寺后面的龟山隐蔽起来，等到当天晚上才离开龟山，回到常太根据地。

长岭缴枪战斗的胜利，对莆（田）仙（游）二县的国民党当局震动很大。敌人连夜将"清剿"常太根据地的兵员撤回县城。这样，我们顺利地粉碎了国民党当局对我常太游击根据地的第三次"清剿"。

刘突军同志[*]

杨采衡

刘突军，原名郭同薪，江西省信丰县青埠乡塘背村人，后用名郭隐轸。1932 年，一二八淞沪抗战爆发后，十九路军奋起反击日寇侵略，官兵爱国热情高涨。十九路军入闽后，刘突军随六十一师驻防泉州地区。十九路军的党组织与福建省委成立了总支委员会，刘突军任师部特务营支部书记。

不久，因叛徒告密，刘突军被师部拘留监禁。由于师部没有抓到真凭实据，刘突军得以保释。1933 年底，刘同郑乃之离开十九路军前往福州，与中共福州中心市委接上了关系，并担任党领导的互济会主任，从事革命活动。

1934 年 4 月，我福州中心市委遭到国民党宪兵第四团破坏，陈之枢等人被捕叛变。当时，市委机关以东大街的一栋

---

[*] 本文原标题为《刘突军同志的斗争风貌》，收录时做了适当修改。

旧式楼房作为联络点，在楼上窗口摆着一盆花，作为安全标记。刘突军以东门外的前屿小学教员身份为掩护进行革命活动，经常到联络点与市委联络。

4月上旬的一个星期日上午，刘突军像往日一样来到东大街，见楼上窗口那盆花仍在，便毫不戒备地走进屋里，登上了楼。不料突然出现两名武装宪兵，发出奸笑："你果真来了，好极了，好极了。""咱们一块儿走，一块儿走。"就这样，刘突军不幸落入敌人的魔爪。

两名宪兵押着刘突军，在回团部的途中经洋中亭街一处茶馆停下休息。宪兵选定座位坐下，并叫来了三碗茶，一个宪兵离开座位，走到茶馆里间去挂电话，叫团部派汽车来接。此时，刘突军忙喊道："茶房，快给我们加水，来！"茶房闻声立即给三个碗添满了滚烫的开水。当那个宪兵端起茶碗，凑近嘴边的时候，他迅速地捧起桌上的茶碗，猛地朝宪兵脸上泼过去。宪兵被开水烫得一声惨叫，急忙掩着双眼搓揉，刘突军早已一个箭步冲上了大街。

"抓坏人啦！"然而街上行人谁也不理睬宪兵的叫喊。刘突军闯进人群，拐进一条胡同，把宪兵甩开了。可是，没想到这竟是一条死胡同。恰好有所学校，他一脚踏进校门，但又被学校的职工当成小偷送到了附近的派出所。派出所并不审问，拘留到晚上，又把他送往警察分局。

在警察分局的一间办公室里，一个中年人把刘突军上下打量一番，问道："你是小偷？到学校里想偷什么？"

刘见这个人说话语气还算和缓，料他大概也不知情，便从容地解释说："我不是小偷，我是东门外前屿小学教员，名叫林曼青，请你派人去调查，我说的是实情。"

这个头目沉思片刻，似有点抱歉，又有些不耐烦地说："我们派出所对你误会了，误会了，你回去吧，回去吧，走!"刘突军嘘了一口长气，离开了警察分局。

刘突军这次脱险之后，才化名为刘突军。1934年7月转移到福清后，首先抓恢复福清党组织工作。到8月间，重新成立了福清县委。他们在广大农民中开展革命宣传，建立农会，处于低潮的福清革命运动，又轰轰烈烈地开展起来了。

1935年5月，中共闽中特委成立后。刘突军为特委执行委员，并担任闽中游击支队政委。从1935年到1938年春，这支游击队在闽中特委正确领导下，迅速地发展壮大，先后建立了罗汉里、常太地区和山溪三处游击根据地。

1936年秋天起，敌人不断地向我常太和山溪游击根据地进行疯狂的"清剿"。我军采取避实就虚、灵活机动的战术方针，力求保存力量，待机发展。当时，经济日趋困难，生活也更加艰苦。我们喝的是稀饭汤，加点咸盐，难得半月一月吃上一顿干饭。刘突军时刻关心着战士们，为了让同志们多吃一口，他总是特意少吃一碗、半碗。敌情紧张时，我们露宿山林，甚至一夜转移两三个地方，游击战士休息下来酣睡了，他却不顾疲劳，巡逻放哨，为战士盖好被子。

闽中游击支队在刘突军领导下，不断巩固、发展革命根据地。有一次，我们摸清了驻在永泰县蕉坪村的一个敌保安排的情况后，拂晓发起了袭击，很快就歼灭了驻在村上民房里的一部分敌人，但是，还有大半躲在坚固的碉堡里负隅顽抗。敌人已是瓮中之鳖，但用强攻的办法，势必造成过多的牺牲。这时，刘突军组织战士向敌人喊话，宣传我党的俘虏政策。他自己不顾个人安危，挺身而出，朝碉堡喊道："我是红军指挥员。我要你们自动交出武器，我们优待俘虏，缴枪不杀，保证你们的安全，这是我们红军的一贯政策。如果你们不交出武器，我允许你们派人去永泰县城请救兵，你们想想看，到永泰县城往返需要两天时间，而且我们已布置好在半路上埋伏狙击，你们不要梦想蹲在碉堡里等援兵了。我们已经做好强攻的准备了，何去何从，由你们选择！"敌人听了刘突军的喊话，无不胆战心惊，再也无心恋战，为了保全性命，只好把一条条枪支用绳子绑了，从碉堡的窗口吊下来交给了我们。敌人全部投降后，我们放一把火烧了碉堡。释放了俘虏，还给了每个俘虏两块钱。

1937 年，国共两党宣布重新合作，共赴国难。这时，身为闽中工委书记、游击支队政委的刘突军面对新形势，采取了新的斗争策略，立即派出代表向国民党莆田当局交涉，要求释放被捕的金贯一，并与国民党当局达成了合作抗日协议：我方放弃打土豪、分田地，参与维护地方治安，改编为国民革命军陆军八十师独立大队。但保持我部组织上的独立性；保证我部在必要时开往新四军军部；取消对我方人员（包括家属在内）的通缉令。于是，我部从莆田山区开赴城郊广化寺整编集训。我独立大队下辖2个中队，刘突军任大队长，杨采衡为大队副。1937年11月，我部又受命开往泉州集训。

我部在泉州承天寺驻扎下后，国民党顽固派如临大敌，立即秘密布置特务，严密监视我方活动，跟踪、恐吓前往我部的地方同志和进步青年学生。这时已担任中共闽中工委书记的刘突军同志在领导部队搞好训练的同时，巧妙地躲过特务的监视，协助指导地方党广泛开展抗日救亡运动，迅速扩大了党的影响。对此，国民党顽固派坐立不安，千方百计施展阴谋，制造摩擦，继续进行反共宣传叫嚣，搜捕我党员和革命群众，妄图消灭我部。他们卑鄙地派出特务，化装成我军，到承天寺附近明火执仗地打家劫舍，嫁祸于我们。为了揭露敌人的罪恶阴谋，在群众的帮助下，我们捉住了两个作案的家伙。刘突军亲自进行审问，结果查明是钱东亮旅的士兵，他们是奉命这样干的。刘突军把这两个家伙五花大绑起来，派四名战士押着他们游街示众，后送往钱东亮旅部，从而揭露敌人，教育了广大人民群众。

国民党顽固派看到我部在福建名城泉州深得人民群众拥护，他们先是耍弄花招，企图把我部从泉州打发走。一天，刘突军突然接到钱东亮的邀请，要他们到钱部"面谈要事"。刘突军一到旅部,钱东亮皮笑肉不笑地又是拉手,又是让座,给刘戴了许多高帽子后,企图通过升官的手段,将我军调到浙东,但被刘识破。这一来,他们"调虎离山"的如意算盘就落空了。

国民党顽固派玩弄的种种阴谋失败后,终于撕下了假面具,露出了凶残的面目。钱东亮依照其主子的既定方针,竟冒天下之大不韪杀害刘突军,一手制造了泉州事件。

1938 年 3 月 10 日,刘突军由泉州乘坐客车到福州新四军驻福州办事处汇报工作,车到莆田车站时,驻莆田的钱旅所属的一个营部派出的武装士兵和便衣队十多号人,以营长名义将刘突军强请去了营部。当天,刘突军即遭敌人杀害。

第二天,即 3 月 11 日,钱东亮下令泉州全城戒严,派出一名团长率领三四百名全副武装的士兵,包围了我承天寺驻地,对我们发起突然袭击,强迫我部缴械。事变发生后,杨采衡随即针对钱东亮采取紧急措施,迫使钱东亮不得不给自己下台阶,准许杨去福州我新四军办事处报告事变情况。接着,我办事处王助主任立即向国民党当局及八十师师部交涉,新四军军部也发电报向国民党福建省政府提出抗议,要他们迅速释放我部人员和全部被缴武器。经过近十天的努力,由于我党针锋相对地斗争,以及在舆论的广泛支持下,最终迫使国民党顽固派恢复我闽中部队的自由,送还全部武器。

新四军军部将闽中武装部队编为新四军军部特务营，由杨采衡率领撤出泉州，前往福州洪山桥暂驻，于同年 4 月下旬离闽北上抗日，后到达皖南太平县新四军军部。

火种

宣金堂

　　1935 年农历四五月间，当时我在闽北红军独立师二团五连当连长，我们团的驻地在马家坪，主要在武夷山地区坚持游击战争。马家坪位于大安西面的大山里，山高林密，古木参天，一直往西南方向走，便到桐木关。中共闽北分区区委就在那一带领导闽北的游击斗争。

　　一天，闽北分区委派政治保卫局的传令兵来到马家坪，通知二团政委王助同志去分区委开会。团长便命令我带一个排，护送王助同志前往桐木关。出发时，让我们带上了一斤腌了好多天的牛肉，这是我们二团全体指战员特意留着准备送给分区区委书记黄道的礼物。

　　从马家坪到桐木关，沿途渺无人烟，连羊肠小道也模糊难辨。我们时而攀越悬崖峭壁，时而钻过丛生的荆棘，背负枪支弹药，准备随时应付可能发生的不测。王助政委是个近视眼，有 1000 多度，离开眼镜简直无法走路。不巧的是他的眼镜又在前几天的一次战斗中弄丢了，他笑着对我说："宣连长，你要拉着我走啊，不然，我非跌得鼻青脸肿不可。"我也笑着说："政委，你放心吧！只要我老宣不跌跤，你也别想摔着。"于是，我便找根竹竿，一头让他拉着，一头我拿着，让他跟在我的后面，一步浅一步深地在山林里行进。

下午，我们正在攀越海拔2100多米高的黄岗山，突然乌云盖顶，大雨倾盆，雨水掺和着汗水，在身上不停地淌着。战士们全身都湿透了，身上的行装越来越沉重。这时，气温骤然降低，山坳深谷涌起滚滚的山岚，远近一片茫茫云霭。我们一个个紧紧相随，千回百折，总算穿过针阔叶混交的密林，登上了散布着灌木丛的山顶。可是，狂风刮得更紧了，雾霭涌得更浓了，我们像置身在云海雾洋之中，两三米外什么也看不清。那位带路的传令兵慌了手脚，不知道往哪里走好，沮丧地对王助说："王政委，我实在认不出路来了，如果盲目乱走，万一错走到敌人的据点里去，我就有口辩不清了！"王助政委也急了，连忙问我："宣连长，你看怎么办？"我看天色已晚，前进辨不明方向，后退又回不了马家坪，便说："唯一的办法是在山头上找岩洞过一夜，明天再说。"王助政委点点头，同意了。于是，我便布置战士们分头找石洞宿夜。明早听哨音集合。战士们解散之后，我找了一个大石洞，扶着王助政委钻了进去，警卫员、挑夫和连部传令兵也一起进去宿夜。天色很快就黑了下去，洞外风雨交加，洞里滴水不停，我们五个人抱成一团，但仍然冷得浑身瑟瑟发抖。

天亮集合，同志们三三两两地从分散的岩洞里走出来。有一个小战士已经走不动了，被抬出山洞时，口吐白沫，两眼泛白。他用低得几乎听不见的声音，断断续续地对我说："连长，我不行了，革命胜利了……请对我的父母说，他的儿子没有给他们丢脸！"说完不久，便牺牲了。我和同志们噙着眼泪，掩埋了烈士的遗体，然后一起商量了一下，决定沿着原路暂回马家坪。

这时，我们除了那斤准备送给黄道同志的腌牛肉外，再也找不出半粒粮食了。在饥寒交迫的威胁下，同志们互相搀扶着下山，走到一条湍急的溪流边，实在走不动了，便找了个大山洞休息，顺便烘烘衣服，烧点开水，煮些野菜汤，填填肚子暖暖身。同志们有的去挖野菜，有的去劈松柴和干毛竹片，有的去舀水。不一会儿都齐备了，可是却发现了一个严重问题：没有火种！仅有的打火石在长途跋涉中丢失了。

怎么办？正在大家面面相觑，心里犯愁的时候，一个战士高兴地嚷了起来："有了，我的口袋里还有火柴！"大家听说有火柴，不觉一阵高兴，可是拿出一看，又像当头浇了一桶冷水，原来只有两根湿火柴棒，盒子上的磷皮也湿了。望着备受饥寒煎熬的战友，我的心啊真像油煎一样难受。有个战士突然提醒我："连长，把它夹在胳肢窝里温一温吧！兴许干了还能划得着。"我一听有道理，解开被大雨淋透的军衣，把那两根湿火柴和磷皮，小心翼翼地夹进胳肢窝。王助政委和40多个战士，怀着急切又不安的心情，瞪大眼睛，静静地望着我。过了个把时辰，我高兴得又笑又喊："同志们，火柴干啦！有火种了！"大家都高兴得跳了起来。王助政委伸出手，一把将两根火柴夺了过去，凑近眼皮底下，望了又望，看了又看，两行热泪扑簌簌地掉在地上。

火柴划着了，我们便在山洞里生起篝火来，烤衣服，烧开水，煮野菜汤。虽然我们带着一斤腌牛肉，但是谁也没有想用它来煮野菜汤，因为这是我们二团从敌人手里夺来，准备送给黄道政委的礼物。要知道，首长的生活也过得很艰苦啊！这一斤腌牛肉，无论如何也要留给他补一补身体。

烤干了衣服，喝下了暖暖的野菜汤，大家身上热乎乎的，倒下的同志又支撑了起来。我正要下达集合的命令，有人提议："连长，唱支歌吧！"我高兴地说："好吧，唱什么呢？"王助政委说："就唱《反攻胜利歌》好不好？""好啊，就唱这首歌！"战士们也异口同声地大声附和。我集合好队伍，挥动双臂指挥起来，浑厚的歌声在山谷中回荡。

当天晚上我们终于回到了马家坪。

坚持崇安老苏区[*]

吴森亚

1935 年 1 月，我在闽北苏区党政军机关撤出大安时参加了红军游击队，成为岚谷区游击队的一名新战士。岚谷区游击队是由岚谷区委、岚谷区苏维埃政府的机关工作人员组编的，游击队下编 2 个班，活动于崇（安）浦（城）广（丰）一带。由于人少、枪少，岚谷游击队的战斗力比较弱，为了保存实力，我们尽量避免和敌人正面硬拼，而是在形势有利于我们的情况下，采取灵活机动的战略战术，伺机打击敌人。

1935 年 5 月，岚谷游击队郑队长决定伺机打击驻扎大浑的敌人，当时驻吴屯的是国民党部队一个班。一天晚上，我们在夜色的掩护下，出了银山在吴屯通往大浑的小路上设伏。到了指定地点，郑队长交代一班长带领战士穿过小路到溪对岸埋伏，并吩咐一班长说："等这边枪响，你们马上集

* 本文节选自《坚持崇安老苏区的斗争》，收录时做了适当修改。

中火力朝敌人开火！"我们准备两面夹击敌人。

一班长带着六个战士到溪对岸，郑队长带着我们九个战士在小路这边埋伏，等了大约有三个钟头，天亮后，我从树叶的缝隙看到从吴屯方向走来十多个敌人，一个个背着长枪，懒洋洋地走着。等他们进入伏击圈，郑队长一挥手甩出一颗手榴弹，战士们随即向敌人开火，当场击毙两人。敌人被这突如其来的两面夹攻惊呆了，如惊弓之鸟，丢下两具尸体，掉头就往吴屯方向跑。我跟在郑队长身后冲出去，捡起敌人丢下的两支枪，就像是自己亲手缴获的一样高兴。郑队长将枪支交给两个比我更"老"但还没有配枪的战士，然后就命令大家转移。不久，崇安中心县委从各区游击队抽调力量加强崇北独立营，郑队长被调了过去。

1935年秋，崇安中心县委派同志到银山，传达了闽北分区委在岚谷黄龙岩召开的扩大会精神，要求我们岚谷区游击队改变单纯防御，抓住有利战机消灭敌人。原来，吴屯敌人被我们打击以后，再不往大浑派兵了，而改由岚谷派兵驻守大浑。他指示我们游击队再打一个漂亮仗，把张銮基旅的一个班吃掉。这次是打伏击战，由我们岚谷区游击队和崇北独立营协同进行，设伏地点离岚头才五六里路，离岚谷也不过十来里。

按照计划，我们游击队出银山到了预定地点，只见崇北独立营30多名战士已经隐蔽在那里，我们的郑队长也来了，他在崇北营任排长。这一仗以崇北独立营为主，岚谷区游击队配合，仗打得很顺利，枪一响，十来个敌人丢盔弃甲就滚回岚谷去了。我们完成了配合任务，也迅速地钻进深山老林，往樟村方向转移。

1935 年底，我随曾队长调到了崇北独立营。崇北独立营活动范围比岚谷区游击队的大，南到黄柏、曹墩，西至坑口、长润源，北达焦岭关、绵羊关，东边一直到崇浦、广浦边，都是我们的游击区。根据闽北分区委的指示，崇北独立营积极实行政策转变，在岚谷、吴屯、大浑、黄柏等敌据点里，都秘密恢复和建立了党的地下组织，通过他们教育群众实行"白皮红心"的政策，在表面上不和敌人硬拼，以减少损失。对于保甲长和一般民团团丁，我们则尽力争取，使他们"身在曹营心在汉"。经过教育，这些保甲长和团丁基本上做到不欺压群众，不报告红军游击队的消息，为红军游击队提供粮食衣物等，从而为我们的行动提供了很大的方便。为了使他们在敌人面前交代得了，我们允许他们在游击队撤走后再鸣锣开枪。

1936 年初夏的一天夜里，崇北独立营派人到岚头据点，刚要像以往那样和巡逻的团丁打暗号，不料团丁见了我们的战士就大叫起来"共匪来喽！"碉堡上的敌人听见了也朝下面开枪，派去的战士急忙撤了下来。张营长和各排长一研究，认为肯定出了事，当下决定派一个排看住炮楼，再把团丁抓来问个清楚。曾水元排长带我们一排上去，等战士们用枪看住了敌碉堡，曾排长就带我摸进村子埋伏在路边，等巡

154

逻打更的那个团丁过来，就出其不意地抱住他，堵住他的嘴，我接过团丁手里的锣，照样敲着。曾排长审问团丁，开始团丁不敢说实话，但他毕竟是受过我们教育的，终于说出村里出了叛徒，几个党员同志都被抓走了。我们又进一步做工作，他同意我们部队进村，只要没声没息他就不叫喊。我们向张营长做汇报，他决定留一排仍看住炮楼，二、三排摸进村将叛徒惩治了，岚头的局面又恢复到了原来的样子。可惜的是，被抓走的地下党员最后都牺牲了。

在我任崇北独立营一排三班班长的时候，有一次我们在黄柏附近与敌周志群新十一师的一个连遭遇，我们牺牲了一位广丰籍的战士。在突围时为了将这位战士背出去，又有两位战士负了伤，那时没有药，等我们将这两个战士送到群众家，伤口已经生蛆了。好在这里已经是我们的据点，这两位战士在群众家直到伤好了才归队。

1937 年 1 月，蒋介石趁西安事变和平解决，玩弄"北和南剿"的伎俩，重新集结部队进攻南方游击区，妄图在国共实现合作之前彻底消灭南方红军游击队。

当时，我们崇北营在岚头外银山隐蔽。敌人已经在岚谷一带布下几条封锁线，横七竖八的几十里一条，几乎每座山都被圈起来了。对突如其来的严峻形势，我们谁也没有预计到，仍住在移民后留下的一座破房子里。

有一天，我出去上厕所，听哨兵喝问："什么人?"原来敌人一个连已经"搜剿"到这里了。我立即回头招呼同志们："有敌情！"一边抓起枪和同志们冒着密集的弹雨冲出门去，有的战士当场中弹牺牲。我冲出门便顺着田埂往下滚，躲进草丛中。这片田埂很高，移民并村以后荒芜了，杂草比人还高，不容易被发现。只听四面枪声炒豆般响起，敌人约有2个连，在四周乱叫抓"土匪"。过了一会儿，敌人又吹号又喊叫："土匪跑了，收兵，收兵。"我在草丛里一直等到天黑，等敌人真撤走了才走出来，按照游击队活动的规律去找部队。

走下这边山，看到一路都是火光；翻过那座山，见到又是一路火光。看来包围银山的敌人并没有撤走，要在路上守到天亮再重新"搜剿"。我必须赶在天亮前冲出去！要不明天会非常危险。我悄悄摸到岚头村边的山上往村里望去，见敌人正在烧火做饭，便往后山赶去，到了集合地点，曾营长见我来了很高兴，我只带了一支枪出来，包袱丢在驻地给敌人"便宜"了。于是大家清理地方睡下，睡得正熟，我听到哨兵轻声喝问，连忙坐起来，听了一会儿，没有人搭腔，以为没事又躺下去。这时，猛听得"啪"的一声枪响，大家抓起枪就跑。原来是敌人又追来了。同志们冲出包围直奔焦岭关，见关那边也是满山的敌人，只好隐蔽到关附近的山里去。

我们崇北独立营在绵羊关的深山老林里坚持斗争的时候，岚头的地下党员韩大哥带了一张报纸来找我们，报纸上登的是"国共合作"的消息，大家常年在这深山老林里，对外面的情况并不十分了解，所以半信半疑，曾营长说："先不管它是真是假，我们利用这会儿局势稳定的机会，先扩军再说。"于是我们在崇安北部的坑口、长涧源、岚谷等地和广丰东部大力开展动员参加红军游击队的工作。一天，我在绵羊关碰到一个吴屯人，他正挑着石灰去岚谷。我看他是个穷做工的，就动员他参军，他很快丢掉担子跟我们走了。这时，岚谷区游击队的同志也并入崇北独立营，部队很快由25人扩充到近60人。

卢沟桥七七事变后，闽北分区委和崇安县委指示我们部队在新的形势下，认真执行抗日民族统一战线的政策。但是，敌人对我们的包围却没有放松。1937年10月，闽北分区委书记兼崇安县委书记汪林兴调我们崇北营和崇西游击队等部队，急行军奔袭铅山石塘镇，烧毁敌炮楼，消灭民团1支分队、保安队1个连，配合主力部队反击，迫使敌人取消军事封锁，接受停战协议。

1938年1月，我们崇北独立营和岚谷区游击队，离开了坚持三年的游击根据地，开往江西石塘参加整编。我们崇安县的红军游击队编为新四军第三支队五团二营九连，广丰县属各游击队编为五连，建阳县属各游击队编为六连。

2月25日，石塘街的河滩上人山人海，群众敲锣打鼓、鸣放鞭炮。我们来自闽北苏区的游击健儿，在亲人依依惜别的目光下，踏上了抗日的征途。

辗转千里送文件

吴华友

1936 年，艰苦的三年游击战争已进入第二个年头，闽北革命根据地与党中央的联系也已中断一年多。

1 月 30 日，闽北独立师师长黄立贵率部挺进闽东北，同叶飞率领的闽东红军游击队在政和县洞宫山禾坪村胜利会师。4 月，中共闽北分区委黄道、黄立贵、吴先喜、曾镜冰同叶飞等在政和县洞宫山仰头村举行联席会议，决定成立中共闽赣省委，黄道任书记，任命我为省委委员，负责组织工作和工会工作。洞宫山会议后，为将游击战争的开展情况报告中央，并将中共闽赣省委组成名单报请中央批准，黄道同志考虑再三，决定由我突围出去，寻找党的关系。

但怎样突围出去呢？国民党在游击区外围设置了层层封锁线，主要交通要道都有重兵把守，山间僻路也都布满便衣队和反动大刀会，他们狂妄地吹嘘：飞鸟经过也要拔下几根羽毛，更别说共产党想从闽北闯出去！闽赣省委经过多次研究决定由第三纵队政委叶全兴出去想办法。

6月的一天，黄道同志找到我，交给我一个小布包。他用期待、信任的目光注视着我说："这个东西很宝贵，我们要靠它找到党中央，千万小心。"

"放心吧，黄道同志！人在文件在！"我向他保证。

黄道笑起来，幽默地说："文件？哪有什么文件？随身衣物！"他打开布包，露出一条白绸短裤，"这是黄华树用米汤花了两三天工夫才写成的。"

接受了任务，我把东西收拾好，把白短裤藏在包袱里。一切准备就绪，只等叶全兴的联系工作了。

7月底的一天，叶全兴兴冲冲地来了，他拉着我的肩膀说："老吴，有办法了！"原来，叶全兴到了古田，找到一个名叫卢灿光的，说好条件，由他送我到福州，并负责今后的通信往来。

8月1日，我告别了同志们，由叶全兴和他从第三纵队特务连中抽调的10名短枪队员护送踏上了艰难的旅程。临行前，黄道紧紧握着我的手说："相信你一定能完成党交给的任务。祝你成功！"

我们穿过一道道封锁线，绕过一个个碉堡，夜行晓宿，历尽艰辛，经松溪、政和、建瓯、屏南，行程300余里，终于从敌人眼皮底下钻了出来，悄悄地溜进古田，到了卢灿光的家。

叶全兴对卢灿光介绍我说："这是老吴，对他的安全，你要绝对保证。"

卢灿光忙说:"当然保证,没有问题。"

叶全兴把我安置好,就带 10 名短枪队队员跟我告别回去了。第二天,我同卢灿光一起,登上闽江边的小船,沿江而下,来到福州。

一到福州,我们就躲进离江边不远的一家由古田人开的旅馆。我当时刚从游击区出来,尽管打扮了一番,装束还是不成样子,忙到理发店理了发,卢灿光又到外面给我做了两套西装,买了皮箱、皮鞋等。我把白短裤放进皮箱,把自己打扮成南洋客一样。为了不引起国民党特务注意,我们离开小旅馆,搬到城区的一家大旅店住下。

福建和广东一样,是个侨区,有许多南洋客来来往往,因为我当过海员,扮成南洋客倒是挺像的,可以不引人注目,行动也自由些。

8 月底,卢灿光设法给我买到了去上海的船票。我和他约好通信联络方法后,同他告别,登船启程了。几天之后,船在上海码头靠岸,我还是一副南洋客打扮,住进了新亚酒店。安排住宿后,穿过繁杂的街道、人群,我找到了武昌路新庆里二弄的一家,这里曾是我们的海员俱乐部,住在这里的二房东何惜玉是个进步群众,过去我曾在这里住过。我注意观察了一番周围动静,就伸手叩了叩门。

"你找谁?"果然是何惜玉,她马上认出我来,"哎呀!是你,快进来吧!"我一进去,她就把门关上。我这不速之客的到来，使她非常意外。我们对坐了一会儿，谈了一番家常。她用疑虑的口吻问："你不是到中央苏区去了吗？现在从哪里来？"

我把这几年的经历约略讲了些，但没有说明此次来的任务，只是说党的关系没有了，想找过去的同事关系，问她有没有办法。

何惜玉摇摇头说："你们走后，没有人来过。"

我怀着惆怅的心情离别何家。往昔在上海一起工作的同志或被捕，或牺牲，或转移，就是在上海，这么个大闹市，又到哪里去找呢？

回到新亚酒店，已是掌灯时分。望着窗外万家灯火，码头长鸣的汽笛声清晰可闻。我忽然想到个办法，对！到码头去，或许可以找到熟人。

从第二天起，我就经常到码头去。当时上海码头还是有很多广东人当领港（导游）。我装作领港的样子，每到一条船，就到那里去碰。一天终于碰到一个熟人，就谈起来。我提起过去一起工作过的同志的名字，问他有没有见过。他想了半天，说："好像在安乐园看到过冯燊。"

"冯燊！他在哪里？"我如同见到光明。冯燊也是海员，我同他在海轮上，在上海都一起从事过革命活动，后来也去了中央苏区。不知道他怎么也在这里。

他摇摇头："我也不知道他住在哪里，就在安乐园喝茶时碰到过一次。"我见再也打听不到什么，便说我现在想找点事做，看到冯燊和其他熟人，叫他们来找我，我住在武昌路安乐园附近，每天中午都在那里喝茶。

于是，我一有空就跑到安乐园，泡上一壶茶，等待机会。一天中午，我像往常一样，正翻着报纸，摆出一副悠闲的神态喝着茶，突然看到一个熟悉的身影从楼梯口上来，果然是冯燊，我高兴极了。这时冯燊也看到了我，大吃一惊，转身就想走开，我忙叫："姆系燊！"姆系燊是冯燊的化名，在上海工作时用过，不多人懂得。他听我这么叫，只得回来了。

多年不见，我们之间都不敢完全信任，我对他说是从南洋回来。随便谈了一会儿，约好第二天再来，就分手了。

接着几天，我们都在安乐园见面，互相恢复了信任。他说了真话：他在长征途中病得没法走，留在农民家里，后来才回到上海来的。我也对他说了实话。

他说："我在上海也没有关系，现在要找党中央，有一个办法，就是找榻荣。"

"榻荣，他在哪里？"

"在美国，可以写信给他。"

我们商量了一下，决定由他给榻荣写信。接着，我按原先与古田卢灿光约定的联系方法给他写了信，请他转告闽北党组织，并叫他汇些款来。一方面试试他是不是可靠，另一方面原先带的款项也差不多花光了。

9月中旬，卢灿光汇来了200元钱，但美国榻荣那边仍无消息。于是我同冯燊商量，由他留在上海等榻荣的回音，我回香港，看看能否找到其他关系。冯燊也很同意。我们约好，一有消息，马上通报。

9月底，我从上海到了家乡香港九龙衙前围村。回到家乡，尽管很保密，外头仍有人传说。说是左派（当地群众对进步革命者的称呼）回来了。我弟弟吴潭华所在的吴家祠学校的几位青年教师也闻讯而来。我试着和他们交谈几次，想能不能通过他们找到些线索，但很快就失望了。

原来他们只是同四一二政变时在上海的一个叫叶仔的有联系，这对我毫无用处。于是，我又到香港码头找当时熟悉的海员，费了好大工夫，找到了刘达潮、方世林。但他们也都失去了组织联系。虽然找不到组织联系，但都是共产党员，总不能不工作，于是我和刘达潮、方世林自动组织起来，在香港麻地各海员港口宿舍活动，进行恢复香港海员工会的工作，一面在工人群众中开展宣传工作，一面继续找党的关系。

1936年12月爆发了震惊中外的西安事变，抗日民族统一战线开始形成。不久，我终于盼到冯燊从上海的来信说：榻荣已向当时在美国的饶漱石汇报了情况，饶漱石派了朱挺（即江开松）到了上海，叫我立即回去联系。

我立即赶到上海。不巧的是，朱挺已离沪，到香港来找我。等我回到香港时，他又去广州了。

1937年2月间，朱挺到了香港，找到了"新生书店"。

我向朱挺汇报了中共闽赣省委成立的情况和闽赣边游击战争的情况，并将密写着文件的白短裤交给他，请他转告党中央。这样，我经历了重重曲折，辗转千里，终于完成党交给的任务，把闽赣省委的文件送了出去。

1938年初，八路军驻香港办事处得到消息，闽北红军已在江西铅山石塘集中，编成新四军，通知我到武汉八路军办事处报到，任命我为新四军驻南昌办事处副官处主任。我和同志们一道，开始了新的工作。

闽北战旗[*]

左丰美

1935 年 7 月，当时我在闽北分区机关任政治指导员。有一天，在崇安长涧源一个小山村里，聚集了 2000 名红军战士，这是闽北红军独立师扩编大会。

黄立贵师长站在台上，高举着一挺马克沁轻机枪，喊道："大个子，出来给大家亮个相。"一个高个子战士，腼腆地从队列中站起来往前走了一步，随即又被热烈的鼓掌声弄得满脸通红，缩回伸出去的脚，又慌忙坐了下去，引起全场哄然大笑。黄师长把手一挥，等笑声停下来，接着向大家说："就是他，昨天晚上一个人出去，在雾中缴来了一挺机枪！机枪旁边有一个班的敌人在烤火，可是没有看住机枪，被我们的大个子一个人顺手捡来了。同志们！有些人在山上转得久了，看不到大部队，不相信自己的力量，说是国民党

---

* 本文原标题为《闽北的一支战旗》，收录时做了适当修改。

厉害，其实敌人有什么了不起呢？一个班都看不住一挺机枪，还有什么厉害的！现在我们部队扩大了，力量强了，就要去主动打击敌人！我号召大家要向大个子学习，要像大个子一样勇敢机智。"

"向大个子学习！""消灭反动派！""主动打击敌人！""红军万岁！中国共产党万岁！"战士们群情激昂，台下响起了雷鸣一般的口号声。

会后，独立师分几路出发，黄师长率领第一、三团翻过1755 米的铸钱岩，出温林关，进入江西铅山、上饶一带，第一天就歼灭 1 个连的敌人，缴到 60 多支步枪、1 挺轻机枪。8月以后，黄师长又率一团挺进建、松、政地区，开辟了大块新地区，建立了新的游击根据地，改善了闽北地区的革命局势。

有段时间，第一团和师部随着黄师长到将乐、泰宁一带活动。这是到新地区去活动，长途行军，带了很多东西，前面是部队，后面是一大串挑子、油桶、饭桶、大米、银圆，拖拖拉拉浩浩荡荡地走了好几天。敌人调来好几个团来堵截、追击，黄师长仍然带着大家向前走。

走到邵武三关，这个地方地势非常的险要，中间只有一条弯弯曲曲的窄路，两边兀立笔陡的悬崖夹着小路，几乎连担子也不能横起挑着走。走进山隘，突然前面发现了 2 个连的敌人，显然敌人是计划好赶到这里堵我们的。避开吧，两边陡壁连鸟都站不住脚；后退吧，后面紧跟着"送行"的敌人。部队面临着非常危险的形势。

枪声一响，黄师长抢过机枪手扛着的轻机枪，大声喊道："把担子丢掉，跟我来。"他端着机枪冲在前面，机枪喷吐着火舌，他口里喊着："我黄立贵来了！不要命的挡路，要命的给我让开！"像一阵狂风骤雨，部队紧跟着黄师长冲过去。在山口的敌人，有的拔腿就跑，有的吓得手瘫脚软，趴在地上一动也不敢动，那几个妄图顽抗的亡命之徒，经不起黄师长机枪的猛扫，像秋风扫落叶似的倒下去。

有一个挑夫听到黄师长丢担子的口令，放下担子，舍不得那根用了多年的扁担，停下来抽下扁担才走，等他跑到山口，部队已经冲过去了。一个敌人从深草中钻出来，掉转机枪，故作胆壮地大喊："别动！"挑夫急了，顺手举起扁担，迎头打去。一下打个正着，把敌人打得脑浆迸流，倒了下去。他丢下扁担，扛起机枪，大步撵上部队。

等敌人追上来时，我们已经把他们甩得老远，早爬上对面的高山。我们的心里非常高兴，一边走一边议论着"扁担换机枪是不是合算"的问题。

1935 年秋冬，黄立贵带着师部和 1 个营，一共百十来人，在屏南上楼停留了一天一夜。第二天清早，黄师长带着队伍正准备出发，敌人 2 个营就过来了，还没进村子就开始放枪。黄师长带着部队退守到村中一个大院子里。这是地主的庄院，前后都修了炮楼，四面有高墙。进了院子关起大门，就上炮楼和敌人打起来。敌人是得到情报特地来的，看到我们退守到院子里，高兴得直唬吓："共匪头子被围起来了，黄老虎被围住了呀！弟兄们，好好干，抓住黄老虎领赏金呀！"叫得真有劲。后面的敌人也赶来增援，机枪响成一片，看样子是全团都赶到了，几百人围着我们百来人直打转，几十挺机枪把土壁打得跟蜂窝似的，手榴弹把房顶炸得稀巴烂，一个上午敌人冲锋十多次，我们守在两座炮楼里，瞄准射击，远用枪打，近用手榴弹炸，打死了 300 多敌人，打伤的多得没法计数。

从清早打到下午，敌人急得发疯了，打不下炮楼，竟将四周民房一齐点火烧着，一时浓烟弥漫，火焰炙人。虽然我们据守的是所高大的独立家院，火烧不着，可是有些同志还是有些着慌，连忙去找师长。黄师长不知道什么时候下炮楼了，找来找去，才发现他在堂屋供桌上闭目休息呢！黄师长笑了笑说："那好嘛，周围房子烧掉了，敌人不是更不好接近我们吗？你们趁敌人没来，快抓紧时间休息，等敌人冲上来好打！"

打到下午三四点钟，我们感到吃力了，子弹已经剩下不多，敌人丝毫没有退走的意思。黄师长把大家找到一起，向大家说："你们是愿意继续干革命，还是愿意当俘虏？"问得大家丈二和尚摸不着头脑，你看我，我看你，半晌，一个战士回答说："师长，这还用问，宁死不当俘虏，今天我决心革命到底。"黄师长笑起来："'革命到底'还早着呢，要我们死，不是那么便宜的事！只要大家决心不当俘虏，我一定带着你们冲出去。你们有没有决心跟我冲出去？"院子里响起一声春雷似的回答："有决心！"吓得院子外的敌人大吃一惊。

跟着黄师长打仗，哪会没有决心呢！只是大家心里多少有些犯嘀咕，子弹都没有了，怎么个打法呢？只见黄师长不慌不忙，从机枪手那里拿过机枪，凑满一梭子子弹装上，又选了几颗手榴弹带上，然后招呼一声："各回各的岗位！警卫员，来几个人跟我去拿子弹！"

大门猛地敞开，黄师长当门一站，手提机枪对准敌人机枪掩体扫去，接着放下枪，连跑带跳地到敌人机枪掩体上面，举手将手榴弹连着向敌人丛中掷去。这一连串骤然的打击，打得敌人晕头转向，四面乱跑，横七竖八地躺在门边。警卫员跟着跑过去，扛回敌人留下的两箱子弹，等敌人定下神再开枪时，黄师长已经回来关上大门了。

天黑了，敌人从清早打到这时，已经筋疲力尽，那股狂妄的劲头瘪了下来，向后撤了几十米，点起篝火烤火吃饭，只是大门前相反增加了百十人。黄师长对大家说："该走了，每个人只带一支枪。其他东西都扔下。走！"大门猛地又打开了，黄师长端着轻机枪站在大门口，嗒嗒嗒嗒……一阵猛射，敌人慌慌忙忙像是倒了一面墙似的，哗啦向两边一分，让出一条大路，同志们乘此时机，跟着黄师长，大喊："冲啊，杀啊！"一气冲出去，蹚过了前面的小河。

这时，分散在附近的独立师部队，听说敌人和师部打响了，一齐赶来，敌人哪敢停留，天没亮就溜了。

天亮以后，黄立贵同志带着部队向北去，正好碰到敌人保安团2个连迎面走来。一阵猛打，战士们把昨天被围挨打所受的气，一股脑儿倾泻在这批敌人的头上。2个连一个人也没有逃掉，单轻机枪就缴了12挺。

1937年7月，抗日战争全面爆发了。全国各地都传播国共合作抗日的好消息，国民党却调集了重兵加紧"围剿"闽北根据地，想集中力量消灭闽北红军，不让红军参加抗日战争。

黄立贵师长带了二三十人到猪母岗去找黄道同志，路上被敌人发现了行踪，立即调来大部队搜捕。黄立贵师长带着同志们从敌人空隙中钻来钻去，一直向邵武方向前进。到处是敌人，后面紧跟着好几百追兵，我们连歇一下脚也不可能，只能不分昼夜地走。走了三天三夜，于7月13日到达邵武富屯溪边，拂晓渡过了富屯溪，跳出了敌人"搜剿"圈。

同志们以为可以歇一下了，可黄师长说："不行，这里离邵武只有15里路，不是我们歇脚的地方，走，继续向前走。"大家只得拖着疲乏的身体，跟着黄师长翻过一座大山，爬过一座长岭，来到洒溪乡沙田村。这时，同志们的腿沉重得抬不起来，眼皮直打架，使劲也睁不开。上了山，有些同志坐下来了，望着黄师长，好像在说："不行了，再也走不动了。"黄师长看了看战士们，正待催促大家快走，张口刚说了个"走"字，忽又停了下来，把头一摆，手一挥，说：

"好吧，我们就到山厂去做顿饭吃了再走吧！"

黄师长带我们找到山厂村头一座孤立的房子，进去找到和我们有关系的老乡，那个老头一看是黄师长又是高兴又是忙乱，跑进跑出不知怎样是好。

黄师长一坐下便喊老乡买米做饭，老乡这才抓住黄师长的手，慌慌忙忙地说："师长，你们快走吧，甲长是坏蛋，看到你们下山就去报信了。米，有米，我马上做饭。不，你们快走吧！"黄师长看了看老乡，又看了看又累又饿的战士，问清楚周围没有敌人，最近的也驻在邵武城内，算了算来回30多里路，一时还没有太大的危险，便决心吃了饭再走。

谁知甲长走到邻村就碰上过路的国民党军队，带着他们围住了梧桐际山厂。黄师长和战士们刚端起饭碗，敌人就一脚踢开大门，打进屋子里来了。

黄师长抽出驳壳枪，打倒了进房的两个敌人，和两个警卫员跳到窗口和敌人打起来，大喊："赶快走，我在这里顶住，你们冲吧！冲出去的到光泽城外集合。"大家都不肯走，黄师长把脚一跺："快，快冲，把老大爷带出去，不要担心我！快，快！"大家一阵风似的冲出大门，向村外冲去。一直跑了5里路，还听见村子里激烈的枪声。

这次突围行动中，黄师长为革命事业牺牲了自己的生命，流尽了最后一滴鲜血。他的英勇事迹闽北的人民永远记住了，他的英灵永存在武夷山下。

四渡桥守备战[*]

陈仁洪

1934 年 10 月，由于王明"左"倾错误影响，中央苏区的第五次反"围剿"失败，主力红军被迫长征，我们在南方的革命根据地开始了艰苦卓绝的三年游击战争。

1934 年秋，我由上（饶）铅（山）独立营政委，调任闽北军分区政治部当青年干事，不久便和俞雅鹿队长带了一个几十人的工作队到崇安星村区一带，协助地方党和苏维埃政府组织群众发展生产，支援前线，参加红军，整顿和健全区、乡游击队、赤卫队，为反击敌人进攻、坚持苏区斗争做准备。

两三个月后的一天，军分区政治部来电话，说有紧急任务，要我们结束活动，工作队成员迅速各自返回原单位，军分区机关的同志由我带领马上赶回大安。

---

* 本文节选自《游击战争初期的闽北》，收录时做了适当修改。

武夷山的 12 月，风大天冷，我和同志们冒着大雪、日夜兼程地往回赶路。走进大安的沟口，见到人们正忙着搬运各种物资，就感到有一种紧张的战斗气氛。听说军分区的兵工厂、医院、被服厂、印刷厂正在组织撤退，显然形势恶化了。

到了军区政治部办公的那栋大房子，政治部主任张燕珍好像早就等在那儿："陈干事，你下去的几个月，辛苦了。"我说："这没什么，请下达任务吧。"张主任接着便说："进入 12 月份以来，国民党铅山方面的二十一师、十二师，南边崇安方向的独立四十五旅等部，突然加快了进攻的速度，它们从南北两个方向，以钳形攻势逼向大安，妄图一举消灭闽北根据地党和红军。特别是崇安方向的敌人，他们沿着大路，这几天已经占领了黄石街，正向四渡桥一带逼近，军区警卫连的同志守在那里，伤亡很大，情况十分紧急。现在苏区领导机关、工厂和医院都需要时间转移疏散。我们的 2 个主力团正在浦城一带活动，即使日夜兼程赶回也要四五天时间。因此，坚守四渡桥、五渡桥一线的任务只好交给军区教导大队了。我们考虑到你当过独立营的政委，有部队工作经验，又打过仗，决定派你到教导队第一中队当指导员，带领一中队在四渡桥一线坚守七天，掩护分区委和军分区机关、工厂、医院安全转移。"听说有战斗任务，我从心眼里高兴，当即回答："主任，请放心，我们坚决完成任务，保证人在阵地在！"

张主任交代完任务，军分区司令员李德胜一步跨进门来，挺着胸膛大声说："苏区的土地再也不能丢了，要寸土必争。四渡桥是大安街的咽喉，一旦失守，大安街就保不住了。按理说这时候不应该换防，但是考虑到四渡桥位置太重要，只好派红大的干部队去。"他还说："只要你们能在那里守七天，不管我们将来和敌人正面对抗，还是把队伍拉到深山里打游击，就赢得了必要的时间。"说完，他望着我苦笑了一下，拍拍我的肩膀说："军分区在武器弹药上尽量给你们配得好一点、足一些。陈干事，看你的运气了。"说完头也不回地走了。

翌日一大早，我便来到军区教导大队的驻地洋庄。大队长向我介绍了红大一中队的情况和一中队的李队长，并赋予了我们坚守四渡桥的战斗任务。

我和李队长从大队部出来，已近中午。不多久，全中队的同志在操场上集合好了，100多个青年小伙，一个个眼里闪着兴奋的光芒。我走到队伍前，先讲了讲敌人进攻的形势，坚守四渡桥的意义和我们的具体任务，然后进一步强调说："四渡桥能不能守住，关系到闽北苏区党、政、军领导机关和工厂、医院能否安全转移，关系到以后闽北苏区党和红军能否更好地坚持对敌斗争。我们为革命立功的时候到了！大家说，我们有没有把握完成这个任务？""有！"全中队异口同声地回答。我刚讲完，队列里忽然有人喊："报告！"话音刚落，只见一个小伙子跨出队列，一双粗大的手捧着一件东西，说："指导员，这是我的党证，请党收下，完不成任务，我不回来取。"这是三区队四班班长夏梅仁同志，他原是五十八团一连二排排长，有名的机枪射手、战斗骨干，用他的话说"一天不揍死几个敌人，心里就不痛快"。前些日子，五十八团去白区活动，他说什么也要去，组织上为了培养他，硬是把他留在红大学习。跟着四班长，队列里许多同志都掏出自己的党证。看着大家庄严的面孔，我只觉得心头一热，一股暖流涌遍全身，顿时感到仿佛增添了无穷的力量。

当天，我们赶到四渡桥的时候，太阳已经落山。军分区警卫连的同志给我们介绍了这里的地形和战斗情况。从黄石街、四渡桥到五渡桥一带是一块小盆地，从分水关和温林关下流的两条小河在这里汇进崇阳溪。河东，从四渡桥往北到东村坡、南坳坑是一片山地，其南端，有一个突出的小高地，像一头雄狮，俯视着这块盆地。站在这儿，南面可看到黄石街通往崇安的大道，西北可以望到五渡桥进入大安的路，位置非常重要。这里一旦失守，五渡桥就难于守备，敌人便可以长驱直入，轻取大安。这几天，警卫连的同志在这里同敌人进行反复争夺，伤亡很大，但敌人始终未能前进一步。敌人为了修复被我们破坏的四渡桥，打通进入大安的通道，正挖空心思妄图夺取这个高地。听完介绍，李队长抢着说："我带二区队上四渡桥东侧高地，你带一、三区队在北侧高地坚守，保证我的侧翼和后翼安全。"我急忙说："四渡桥高地还是我去，你带一、三区队坚守北侧高地，可以了解阵地总的情况。"没等李队长分辩，我便喊了一声："二区队，跟我上！"

四渡桥东侧高地原来驻守着警卫连的一个排，我们上去以后，他们的副连长简单地介绍了几天来的战斗情况。他说，这里阵地中央的炮台是整个阵地的制高点，从那里可以看到阵地内外的全部情况，地形对我们很有利。又说，敌人摸不清我们的虚实，这几天进攻规模都不大。我们没有机枪，主要靠地雷、手榴弹对付他们。说到这里，他向我们介绍了身旁一个姓张的同志，他穿一身青色的棉裤棉袄，头戴黑色八角帽，腰里扎着一条蓝底白花汗巾，身材结实匀称，两眼炯炯有神。副连长说，他是附近村庄赤卫队的"丝炮"队长，埋得一手好地雷，是地方党派来协助部队防守小高地的。我让张队长也回去，但他坚决要求留下，说他地形熟，高地上的地雷都是他一手埋的，换人容易发生危险。我和郭区队队长见他说得有道理，只好同意他继续留下。

警卫连撤出阵地以后，天色已经黑了。我和郭区队队长、张队长仔细查看了一下工事，迅速做了部署。趁着天黑，张队长爬到阵地前沿，按着只有他才认识的记号，一个个检查埋好的地雷。从我们阵地到敌人阵地，中间夹着一个马鞍形地带，在这个地带，张队长布了许多拉发和压发地雷；在树林和草丛里，还埋设了绊雷，从雷区到我们阵地前沿，又挖了陷阱，里面插有锋利的竹竿子。

拂晓，约一个营的敌兵，开始发起进攻，几百个人在轻重机枪的掩护下，一拥而上。我们没有打枪，看着敌人进入我们的雷区，便按号拉响了18颗地雷，在连声的巨响中，敌人被炸得血肉横飞。后面的敌人见前面受挫，便一齐涌进雷区前沿的几个碉堡和交通沟里。这是我们专为敌人准备的"工事"，里面埋了很多压发地雷，被炸昏了头的敌人前拥后挤地往里钻，结果又是一阵巨响，钻进去的敌人都成了送死鬼。就这样，第一次进攻的敌人便没剩下几个了。

一连三天，气势汹汹的敌人，都被我们的地雷、滚雷、手榴弹炸得狼狈不堪。吃了亏，敌人暂时停止了对高地的进攻，掉过头来，企图从阵地西边直接抢修四渡桥。我们的四班早已守在那里，等敌人聚集在桥头的时候，大家各自选好目标，一声"瞄准——放！"打得敌人一排排倒下。战斗间隙，张队长带着几个战士顺着没埋地雷的地方，到敌人尸体堆里收集武器、弹药。我去查看各班加固工事，四班的小林笑着对我说："陈指导员，你看敌人花了几百人的性命做'见面礼'，可我们还不让见哩！"听了小林的俏皮话，班里的同志们跟着笑起来。我提醒大家不能乐观，我们的任务是坚守七天，现在才守了三天，敌人赔了几百人，是不会善罢甘休的，要进一步做好打大仗、打硬仗的准备。

打这以后，一连两天，敌人都没有向我们进攻，只是偶尔打几下冷枪。他们集中兵力猛攻四渡桥以北李队长的阵地，那里的几个高地笼罩着烟雾，树木和野草已被烧得焦黑焦黑的。在一次敌人进攻后不久，一区队向我报告，李队长和一、三区队的大部分同志都壮烈牺牲了，剩下的已撤到河西岸坚守。至此，河东岸一线只剩下我所在的炮台岗一个高地了。

深夜，带哨的班长忽然跑来报告说："敌人好像在撤退！"大家觉得奇怪，一齐走出地堡，哨兵指着对面黄石街到崇安县城大道上闪烁着的亮光给我们看。这些光点从崇安方向到我们高地前的三面山上都有。郭区长说："这哪里是撤退，分明是敌人在增兵！"他转过脸又对我说："看样子他们决心要拔掉我们这个钉子！"我说："对！赶快把张队长喊来，回头再详细检查一下我们的战斗准备。"

张队长听说有了新情况，马上把衣服鞋袜绑扎得结结实实，轻松地跳出工事，消失在夜幕中。我来到四班的阵地，让他们派双哨加强警戒。

天快亮了，风停了，四周一片寂静。这一天敌人还是和前两天一样，只派了小股部队做试探性进攻，在阵地前隔得远远的打一阵枪，咋呼几句就回去了。我们也不暴露，只组织特等射手对付他们。

第八天拂晓，带哨的突然报告："敌人摸上来了！"我们迅速进入隐蔽部，敌人约有 2 个营顺着山坳悄悄地往上爬。这一次，敌人的阵势与以前大不相同，他们新调来野炮和迫击炮，进攻一开始炮弹便雨点似的向我们劈头盖脸地轰来。轻、重火器紧紧封住了炮台的发射孔，把阵地中央的炮台炸得土石横飞。炮火助长了敌人的气焰，他们在山下连声喊叫："好啊！""再来一个！""他妈的，不缴枪就全把你们炸死！"可是我们看着敌人把炮台作为轰击的目标，个个都暗自好笑，因为我们的工事全在炮台下面的隐蔽部里，坚固的工事上面用树干封住，再盖上1米多厚带草根的黄土，工事的胸墙外面，伪装得跟山坡一样，敌人一直没有发现。轰了一阵炮台以后，敌人的步兵便在轻、重火器的掩护下，开始向高地进攻。有几个督战的，拿着青天白日小旗，不断用手枪和鞭子驱赶畏缩不前的士兵，四班长小声命令："用冷枪干掉那几个家伙！"几声枪响，那几个家伙应声而倒。过了一会儿，又一个大个子敌人探出身来，拿着望远镜瞭望，我把快慢机架在射击孔上，对准他，一扣扳机，只见他两臂一张，见阎王去了！山下的敌人开始乱起来，四班长命令放滚雷，同时又拉响了几个地雷，炸得敌人倒下一大片。气急败坏的敌人，仗着野炮支援，没有退缩，把小高地团团围住，他们知道小高地容不下几个人，而且已经孤立无援，便嗷嗷叫着往上冲。我们每人还有二三百发子弹，为避免暴露隐蔽工事，大家坚持尽量少打枪。可是，面对敌人十几次轮番攻击，又不能不打，这样一来，隐蔽工事终于被敌人发现了。

敌人开始喊话："兄弟们，缴枪吧！缴枪不杀！要不攻上去就剥你们的皮，抽你们的筋！"见没有动静，敌人的野炮便开始向我们隐蔽工事轰击，步兵也从高地两侧夹击。炮弹呼啸着迎面飞来，炸垮了工事胸墙。我吆喝着，让大家沉着反击，忽然飞来一颗炮弹，穿进射击孔，从一个队员的胸膛穿过，钻进工事的后墙，这颗炮弹未炸，但是这位战友牺牲了，我的脸上身上溅满了鲜血。我噙着泪花，急忙用稻草把他盖住。"手榴弹！快投手榴弹！"四班长看到100多个敌人沿着西边的高地冲上来，高声喊着。一排手榴弹飞出去了。"8号、10号、15号地雷！拉！"这是张队长的声音。"轰！轰！轰！"几声巨响，高地上接连升起团团的黑烟。

忽然身后有人拉了我一把，是五班的一个队员。我看他嘴巴张了几下，听不出他说了些什么，我的耳朵已经被剧烈的炮声震聋。当我听清是说郭队长负了伤，刚要去看时，敌人又喊叫着冲了上来。于是，我立即给快慢机压上子弹，和同志们一起向冲上来的敌人射击。敌人的火力很猛，轻重机枪封锁着我们已被摧毁的工事，压得我们抬不起头来，工事里手榴弹、地雷、滚雷已经不多，埋好的拉发地雷的拉索有些已被炮火炸断，掩体的射击孔被敌人的机枪打成脸盆大的窟窿，情况十分危急。正在这时，十多个敌人，从工事西南面爬上来，离我们只有30多米，那边只剩下四班长和一个战士。四班长甩出仅有的两颗手榴弹，没能打退敌人，他大喊一声"不怕死的来吧！"突然跃出工事，躬身把两个滚雷向敌人滚去。在滚雷爆炸的同时，他也被敌人的机枪击中了。我看了看滚雷爆炸的地方，躺着几具敌人的尸体。两个队员把四班长架到工事后面的交通沟里，鲜血从他的头部直往外涌，包扎已无济于事。我紧紧抱着四班长，心里非常着急，不断地呼唤他的名字。过了一会，他慢慢地睁开眼睛，看着我说："指导员，今天是第八天了吧！"我流着泪水点了点头，只见他两眼眨了一下，嘴角上露出了一丝微笑，然后无力地合上了双眼……

四班长的话提醒了我，我们的任务是坚守七天，现在已经第八天了，是该撤退的时候了，我向六班长说一声："注意监视敌人！"便快步向郭区队长守卫的炮台走去。

听到我的脚步声，郭区队长急忙询问西阵地和四班情况，我告诉他四班长牺牲了，他蓦地站起来，我发现他的脸已经红肿，脸皮里陷进许多沙子，两眼肿得像桃子，双目已经失明，嘴唇上裂开几道口子，凝结着一块块黑色的血浆。他用手在四下里乱摸，刚刚迈出一步就是一个跟跄，我急忙上去搀住他，他气愤地说："妈的，偏偏把我的眼睛搞坏了，真急死人！"又说："怎么办？东边的阵地我不能掌握了。"我说："不要紧，我可以照顾两边，你好好休息，天快黑了，我把老张叫来，咱们商量商量再说。"张队长刚来到炮台，就听一个战士报告说，有个老乡从山后爬上来了。我马上站起来，心想，莫非是送命令来了？没等我走出土堡，老乡已经来到跟前，他身上背着一篮子捂好的米饭团，肩上扛着一竹筒水。我们都已经两天多没有喝水了，张队长赶紧给郭区队长倒了一碗。老乡告诉我们，在高地后面小河的北岸，下午三四点钟，曾经有一两百人向这儿增援，和敌人对射了一阵机枪，未能突破敌人的封锁。老乡还告诉我们，高地东北的山地，全让敌人给占领了，他上山以后，敌人就开始封锁通往这里的各条路口，连高地西边陡崖下面的河边路上，好像也有游动哨。听了介绍，我知道我们已经完全被敌人包围了。怎么办？阵地上很快就要弹尽粮绝，如果敌人再进攻，只有跟他们同归于尽。想到这里，我抬头望着大安方向连绵起伏的群山，想着分区委和军分区机关的首长和同志们可能早已转移到安全的地方去了，心里轻松了一些。我又想起牺牲的四班长和其他几位同志，心里一阵难过，现在任务既然已经完成，就要想法把剩下的这些革命的力量保存下来。一种强烈的责任感冲击着我，我把这个想法告诉郭区队长和张队长。张队长地形熟，他说："要退，只有从西边陡崖下去。那里有一条雨季流水的山沟，可以拽着两边的毛竹和乱树，估计下面有水，不会摔死；再说，现在只有一条'路'，就是摔死，也不能让敌人捉活的！"郭区队长说："我同意，撤出一个是一个，留得青山在，不怕没柴烧。把手榴弹留下，我掩护你们，反正我的双目已经失明，和敌人拼了也值得。"我说："不行，你和张队长带着其他伤员和阵地上的老乡先走！"他还要争执，我便命令几名战士把他拽到陡崖边，张队长说："指导员，到了河对岸，我向这儿连打三枪，注意我的信号。"说完便抱着郭区队长滑下去了，后面跟着其他伤员。我们又狠狠地教训了一批偷袭的敌人后，担任联络的战士报告说，张队长他们已安全过河，我下达撤退的命令。同志们在战壕里掩埋了烈士们的遗体，迅速从陡崖上滑下去。我走到崖边，回头望着山顶上威严耸立着的炮台残迹和长眠在那里的烈士们，以及挺立在崖头上的几棵青松，默默地与这个英雄的阵地告别……

滑到崖底，趁月亮躺入黑云的瞬间，迅速地穿过河边大路，蹚过了四渡桥下的小河。一过河，紧张的心情一下子轻松了，大家这才互相看了一下，只见每个人的棉裤屁股上全都磨光了，不少同志身上还刮破了皮。不一会儿，担任先头联络的同志碰到了军分区的通信员，大家高兴地抱在一起，随即直向五渡桥我军阵地方向飞奔。

第二天，天刚麻麻亮，四渡桥炮台岗的高地突然响起激烈的枪炮声，原来敌人还以为我们坚守在那儿，正在从南、北、东三个方向猛攻高地，高地上一片浓烟，炮弹炸起石块，四处纷飞。敌人一直打了两个多小时，大家望着炮台岗高地上激烈的"战斗"，一个个都哈哈大笑起来。吃过早饭，我随李司令员离开了五渡桥，赶往军区机关向黄道政委做了汇报。黄政委非常高兴地说："打了七天，不见你们回来，原以为你们都英勇牺牲了，没想到你们创造了一个奇迹，阻止了敌人数百人的进攻，打出了红军的威风。"这一仗除了直接掩护军分区机关、医院、兵工厂安全转移之外，重要的是给军分区以及闽北根据地在战略转变的关键时刻赢得了必要的时间。

四渡桥守备任务后，我被调任到军分区警卫营当政委，带着营部和2个连又开始了新的斗争。

在邵武狱中的斗争

徐莲娇

1936 年 9 月间，我随黄道、曾镜冰同志撤到闽赣省委驻地建阳的竹鸡垅。当时这一地区隶属于闽中特委，独立师师长黄立贵兼任特委书记，我任特委青年妇女部部长。黄道、曾镜冰派我和独立师第三营营长李福汉去扩大红军。11 月下旬，我们从竹鸡垅出发，来到关溪村一带，听当地老百姓说，离界首五里路茶厂有很多制茶工人，多数是从江西来的外乡人，在那里扩军是没有多大问题，于是，我们便前往茶厂。

五六天后，我们顺利完成了扩军任务，正准备带新兵回去时，接到黄师长来信，说形势起了变化，敌人集中兵力向竹鸡垅地区进攻，省委机关准备转移，要我们速回机关。我和李福汉营长商量，决定等支部会开完后再转移。我们住在本村党支部书记家，他的公开身份是保长。早晨，他进城打探动静，到中午他还没回来，原想等他回来后再走，不料就在吃午饭的时候，敌人突然包围了村子，我们枪支少，子弹不多，在敌众我寡的情况下，部分同志英勇牺牲。

我和其他 20 名同志被捕，被关进邵武监狱。监狱分为"男号"和"女号"，男女分别关押。男号监里有个蔡金楷，是红军的一位团长，是号子里的地下党支部书记。另一个是邵武县苏维埃主席老苏，他是被当作政治嫌疑犯抓来的，经地下党找人保释，留在狱中做饭。

一天夜晚，当大家熟睡时，老苏笑眯眯地来给我们女号送水，问我要开水吗？当时我还不知道他的底细，便回答说："谁要你的水？快给我走开！"但他还是笑眯眯地说："没有关系，你不要怕，在家靠父母，出门靠朋友嘛。"我一听更火了，说："谁要你嬉皮笑脸地送水！"说实话，我是很需要水的，我的伤口都生了蛆虫，很需要水洗一洗，但我却拒绝不要，轰走了他。放风时，蔡对我说："水既然拿来，你们就洗一洗嘛！人家好心好意拿来，国民党里头也有好人呀！"直到蔡死后清理床铺时，发现有一方印章和一封信，这才知道老苏是县苏维埃主席。敌人发现老苏身份后，将老苏重重打了 40 大板，重新又铐上关押起来。

我们在狱中开展过一次绝食斗争，那是在老蔡领导下进行的。因为许多伤病员得不到应有的治疗，信件要检查，又不准看报，加上伙食太差，吃不饱，饿不死，每人一餐只有一碗霉米饭，菜是一把盐和带黄菜叶子的汤。狱中伙食费规定每人一天两角钱，本来两角钱的伙食就很低了，一经克扣，就更够呛了。绝食一搞，饿得更慌，因为我们绝食，整座监狱其他号犯人也不吃了。绝食斗争一连坚持了好几天，监狱长叫我们吃，我们也不吃。没办法，伪县长只好亲自到狱中来解决。后来，监狱方面在一个星期内每天给我们半斤牛奶，吃了半个月的一菜一汤，洗澡洗衣答应了，看报和通信自由不行。不行我们又继续搞下去，他们没办法，最后只好答应订报可以，但须由他们去订，订的是商业报，这种报纸政治新闻少。尽管这样，也能看出一些情况，通信自由始终没有答应，但基本的几条办到了，绝食斗争就这样胜利结束了。

我们牢房的隔壁，是监狱长的办公室。墙壁是木板的，我们挖了一个小洞，平时糊上一张纸，一有声响，我们就通过小洞向里看。1937年3月的一个早晨，我们都起床了，听到铃声特别响，连走路的声音也与平时不一样，我们赶紧往洞里看，就听说要提李营长、小马、小刘、江友良和我五个人了。平时杀人都在下午，而这天则在上午，我们还没吃早饭。另一个更奇怪的是，平时来提犯人都是两个兵押送，这天不一样，一出门，两边都站着国民党宪兵，把我们押送到旅部门口时，又看见门口两侧有几十个国民党兵拿着军号，杀气腾腾，同以往过堂不一样，叫我们坐在门房长板凳上。小马说："今天不一样了。"小刘说："是枪毙我们，还是押送南京高等法院?"李福汉营长接着说："我才不怕死呢，怕死就不革命!"这边我们互相鼓励，那边国民党人进进出出，忙得不得了。小马叫住一个从身边过去的小军官，问道："喂，狗头！你爷爷还没吃早饭呢。"这个小军官没听懂。小马又重复一遍。结果给我们送来半煤油桶的肉丝面，我们每个人都饱饱地吃了一顿。

吃过早饭，李营长对我们说："今天估计有人会被枪毙，但可能不会统统枪毙。不管是谁，有机会出去，就跟我妈说一下。"一会儿，有个伪军法官出来了，开始逐个点名，第一是李福汉，第二是我。然后把我们五人捆绑起来，几十把杀人号同时吹了起来，真是杀气腾腾。不管敌人多么威风，手段多么残酷，但是对共产党人和共产党领导的红军战士来讲，是毫无用处的。李营长领着我们，高呼"打倒蒋介石卖国贼！""中国劳苦大众团结起来！""中国共产党万岁！""朱毛红军万岁！"等口号，昂首挺胸走向刑场。敌人急得没法，只好用布把李营长、江友良和我的嘴塞住。把我们押到邵武的东门桥头旁，要我们跪下，我们坚决不跪，又限令我们五分钟内说出在关溪村的地下党员以及黄道、黄立贵在哪里，黄立贵的部队在哪里，我们谁也没讲。枪声响了，结果只有李营长一人同我们永别了。原来敌人是为了吓唬我们，为使我们妥协，让我们四个来陪杀的。可敌人的阴谋并没有得逞，只得又将我们押回旅部。

7月的一天早上，听监狱里的看守说："你们的黄立贵师长被打死了，头被国军拿来了。"当时听到这个消息，我们根本不相信，认为这是造谣。两三天后，敌旅部来了两个人，提我和老江（黄师长的管理员）去认人。我和老江同志来到旅部门楼，一个军官对我们说："你们不要害怕，只要说一句话，马上把你们改为有期徒刑。你（指我）如果愿意，在我们这里做官也行，做太太也行。你（指老江），马上放你回家。但是，你们要好好看看。"我们一看，果然是黄师长。我们强忍着心中的悲痛，对敌人讲："不认识!"一个下午时间，敌人反复问，我们始终说不认识。敌人不甘心，晚上又在邵武县的公堂，继续审讯我们。因为黄立贵同志身上的一个小日记本有我和老江的名字，敌人认定我们是认识的，他们把日记本、手枪、金戒指（刻有私人印章）统统摆在审讯案上，要我们认，用了几种刑罚，我们宁死不屈，就是说："不认识!"一直审讯到下半夜，敌人才垂头丧气地把我们押回牢里，后来决定把我们押送到南京高等法院。但是，两次押送我们的车子出邵武不远都遭到我军游击队的伏击，因此，就始终没有送成。

1937 年底，我们听监狱的看守说，红军投降蒋委员长了，我们不相信。他们仍然天天在议论，还说，见到女红军在大街上走来走去。我们想：红军投降无论如何是不可能的事。可是确实有红军进城，国民党又不抓，到底是怎么回事？有一天早上，我问老苏："你到东门看见红军了吗?"他说："看到了，还有女同志。这几天他们都上街来买东西。"我说："请你叫一个同志到监狱里来一下，告诉他们，这里有不少红军的人。"这样，老苏趁外出之机，找到一个女红军，并向她讲明了监狱里的情况。

过了几天，黄道同志派邵武中心县委组织部部长聂显书同志带着警卫员来到监狱，看望我们这些"红军犯"。他们还告诉我们：不要着急，党中央、毛主席已向蒋介石提出释放政治犯的问题，很快就会放你们……并把监狱里政治犯的名单带走了。又过了几天，聂显书派了一个游击队队长来领人，伪县长和我们游击队队长一起按名册点人。其他人都放了，只留我不放。队长向这个伪县长再三交涉都不肯放。县长讲："她罪大刑重，是七十六师的寄押犯，我们无权释放。"游击队队长无奈只好带着被释放的人走了。后来黄道同志直接写了一封信，派游击队队长和一个同志直接送给伪县长。信上限他当天下午放，否则我们自己来放。伪县长见扣留不住，不得不于当天下午放我出狱。

我因坐牢一年多，整天关在小房间里，不见天日，连路也不会走了，从邵武城到我们机关驻地，只有15里路，却整整走了一天时间。到了机关驻地，闽中特委书记曾昭铭、共青团特委书记王荣森等同志在门口迎接我，许多同志都围上来问长问短。此时此刻，我热泪盈眶，想到自己是被判处无期徒刑的人，今天能见到同志们，又回到党的怀抱里，想到为革命而英勇牺牲的李福汉同志，我的心情真是悲喜交加，久久不能平静。

后来，我在邵武休息了20多天，就和王荣森一起去江西石塘街分区委继续参加抗日了。

闽北巾帼群英[*]

吴秀珍

　　1935 年 1 月，因为国民党军的逼近，我随闽北分区机关撤出闽北苏区首府大安，当时天寒地冻，遍地冰凌，我们身着单衣，在崇山峻岭之中，与敌人周旋，吃的是据点里的群众节省下来的粮盐，但更多的是靠山上的野菜充饥。随着游击战争的深入开展，环境的不断恶化，生活也越来越艰苦。

　　1935 年 4 月，我在山上生了病，一连几天高烧不退，组织上决定让我回家养病。有一天，大浑村的反动保长突然闯进我家，把妈妈带走，我预感到要出事，果然，妈妈回来告诉我，驻守在大浑村的国民党军头目，要妈妈把我嫁给他，不然，就"提头来见"。我立刻找老熊商量，决定走为上计。

　　当天深夜，天空一片漆黑，我们带上几件衣服，悄悄地

＊　本文原标题为《金戈铁马的巾帼群英》，收录时做了适当修改。

穿过炮台跑出了据点。我们不敢走大路，只能钻草丛，一路荆棘刮脸，衣服碎裂，直到东方发白时才看见了原来的洪溪村，但这里已是一片无人区，我们只好继续往前走，哪知刚到长涧源，国民党军又来抓人。

在这样躲来躲去的四个月中，我无时无刻不想到我们的部队，想到一起生活、一起战斗的战友们，归队的心情越来越迫切，可又到哪里找部队呢？我只好凭着自己的臆测，不断寻找。终于有一天，我在温岭意外地碰到了童娇妹（童慧贞）。她是到江岭后村去开展工作的。我见到她，一时高兴得说不出话来，只是紧紧握住她的手，她明白了我的心意，叫我放心，说过几天就来接我。果然没几天，分区委就派人来了，我回到游击队，见到了久别重逢的战友们和首长，禁不住热泪盈眶，悲喜交集。因为我又回到了党的怀抱，回到了战斗集体。

1935 年 10 月，分区委妇女部部长陈清凤分配我到崇安地源区搞妇女工作。翌年 5 月调任崇安县妇女部部长，同年 8 月更任邵武县妇女部部长。由于工作关系，这期间，我接触到许多的基层妇女干部，了解到了许多她们可歌可泣的事迹。

地源村妇女干部连凤玉，国民党军队"清乡"时，她一家七位亲人惨遭杀害，连尸体都被扔进溪里。她牢记血海深仇，继续从事地下工作，还经常冒着生命危险，到敌占区买盐巴买药，支援红军游击队。岚头村的安桂姬，为发动妇女开展反抓丁斗争，她不避艰险多次深入崇安北乡一带山村，边工作边侦察敌情，并及时把情报报告游击队。一天深夜，本村的一个坏家伙，拿着一把柴刀闯进她家，她机智地说："你砍死我一个人没什么，再过半个小时游击队来了，你也活不长！"一句话把他打了回去。

在崇安西乡有一位穿着整洁的中年妇女，因为给游击队送情报被抓进据点。为了杀一儆百，惨无人道的国民党用一个装满煤油的马桶，将她五花大绑捆在马桶上，当众点火活活把她烧死，但英烈的名字却至今无人知晓。

我还熟识一位老接头户，她是岚谷江陈村的王瑞娇，我们每次到她那儿，她总把自己平时舍不得吃的东西拿出来款待我们。1936年4月的一天，她的丈夫（原岚谷区苏维埃主席郑乌仔）秘密下山到岚头为游击队买盐，不幸消息走漏，第二天便被抓走，房子、财产全被烧光。王瑞娇在悲痛之余毅然承担起丈夫没有完成的任务，当天夜晚就摸黑下山筹集食盐。几天后，当她把盐弄回岚头时，只见侄女哇的一声，紧紧地抱着她大哭起来，当她知道自己的丈夫已被国民党军活活烧死的消息后，她咬着牙，咽着恨，掩埋了丈夫的遗体，并沉痛而坚定地对侄女说："孩子，记住叔叔！记住红军游击队！记住这血海深仇！"又到山下继续筹盐。1937年的一天，她到吴屯乡大浑联系工作时不幸被捕，敌人要她供出红军游击队，她守口如瓶，敌人暴跳如雷，把她推到老虎凳旁，压凳，钉竹扦，烧乳头，抹辣椒……施尽种种毒刑，她宁死不屈，拒不吐实。

还有，我在邵武工作期间认识一位妇女，人们都习惯地称她为"方嫂"，她有五个孩子，大的七八岁，小的才1岁多，肚子里还怀着八个月的身孕。1937年5月，方嫂的丈夫为红军买了好些东西，正打算给山上的游击队送去，不料被敌人发现，夫妻俩被押到邵武县城监狱。反动派逼他们招供，他们虽然都不是共产党员，但村子里谁是党员他们是知道的，却什么也不说，结果丈夫被活活打死，方嫂也受重刑。反动派逼供审讯，一次比一次厉害，他们把方嫂两手张开，绑在扁担上，使之呈十字形，背后再用一根棍子撑住，然后毒打、逼供，她的手腕也给打断了，可怜的未出世的小生命，当场也给打了下来。可是反动派们并不因此罢休，一天，方嫂被叫去听审，她正咬紧牙关准备受刑，忽然敌人把她的五个孩子抓了进来，五把雪亮的刺刀，架在孩子们脖子上，几个孩子吓得直喊妈妈。面对吓得浑身颤抖的孩子，方嫂明白了反动派们的恶毒用心，只要自己一松口，就不知有多少革命干部、多少个家庭要遭到反动派的残杀和摧残。反动派见方嫂嘴没动，就把最小的孩子用刺刀挑到天井下面，把小心脏从胸口挑了出来，其余的四个孩子一下子吓呆了，方嫂大叫一声昏了过去，当她醒来时，反动派又是吆喝又是逼供，她还是不肯开口。就这样，一个、两个、三个、四个……，顷刻之间，天井里堆了五具小尸体，拖着肠肚，满地是血。失去了丈夫和孩子的方嫂，仍然是坚贞不屈，直到抗战爆发后，经党组织交涉，才被释放出狱。

国难出英杰，烈火炼真金。在那艰难困苦的游击岁月里，有多少巾帼英雄为革命献出宝贵的青春和热血，她们的事迹千千万万，感人至深，作为三年游击战争时期的妇女干部，我为有这些好姐妹感到自豪。

转战闽西北

马长炎

　　1935 年 1 月，闽浙赣根据地创始人、红十军团主要领导人方志敏不幸被俘，闽浙赣根据地的斗争遭受严重挫折。为了取得同闽北游击区党和红军的联系，2 月初，粟裕指示我带一个 30 多人的小分队，把电台联络电码送给闽北游击区党的领导人黄道同志。

　　我们小分队从江西上饶出发，经铁山，趁夜渡过信江。当时，信江有国民党重兵把守，组成道道封锁线，到处设关卡，布岗哨，妄图割断赣东北与闽北的联系。由于我们小分队人数少，我们就白天隐蔽，侦察敌情，摸清路线；夜晚行军，从敌人的空隙处穿插过去。就这样，我们昼伏夜行，度过了 30 多个日日夜夜。虽然遇到了许多艰难险阻，经过了多次激烈战斗，但 30 多人中除 3 人受轻伤外，其余都安然无恙地到达了闽北。3 月上旬，我们终于找到了闽北分区委书记黄道，我亲手把密电码交给了他。

当他得知我们小分队一路平安、人员没有大的伤亡，十分兴奋，连连点头赞许。接着，亲切地挽留我们小分队，他说："现在敌人四面包围着我们，你们要返回粟裕那里很困难，就留下来同我们共同战斗吧！"我想到临走时粟裕的指示，就答应留下。从此，我便开始了在闽北的游击战争生活。

起先，组织上安排我在教导队，不久就调任分区特务队长、机关党总支书记。当时，由于敌人对我们加紧"清剿"，战斗十分频繁，作为负有保卫闽北党政机关安全的特务队长，我深知肩上的责任重大。我们不仅要打仗，还要日夜站岗、放哨、巡逻、侦察。特务队虽然只有三四十人，但都是由有作战经验的班长、排长和连级干部组成，战斗力较强，遇到险恶的战斗能打能拼。有一天下午，刚开完干部会，敌人突然围来了，我们特务队立即组织阻击，掩护机关撤退。当大家安全脱险后，我发现黄道的儿子还没有突围出来，我们又重返原住处，刚进屋，敌人就跟着冲进来了，我端起机关枪就扫，迎面几个敌人应声倒下，后面的吓得闪开了。我们杀出一条血路，终于把那位小同志接了出来。那时，虽然战斗频繁，但我们仍然利用战斗间隙抓紧学习和训练。黄道、黄立贵等领导还经常给我们上课，讲政治时事，讲战斗技术，提高我们的文化知识和打仗本领。

1936 年 6 月，在我们特务队护送黄道前往闽东北参加著名的洞宫山会议回来后的一天，黄道找我谈话，他用信任的目光注视着我，说："前方需要人，省委决定你到二纵队当政治部主任，你有意见吗？"

我心里有点依依不舍。黄道就亲切地抚摸着我的头说："小马，去吧！前线更能锻炼人，二纵队是红军的主力，你们在外线作战，吸引了敌人，就是对省委最好的保卫！"接着，他分析了当时根据地的形势，讲了省委对开展游击战争的方针、策略，并提了要求。

第二天，我把保卫省委机关的任务交给了陈金生，便来到了闽北红军第二纵队。当时，王裔三是纵队长兼政委，因为他是北方人，大家称他为"老乡"。为了贯彻省委和黄道的指示，我到二纵队后在指战员中开展了如何牵制敌人、分散敌人力量、巩固游击老根据地的讨论，提高了大家对省委关于到外线作战的战略方针的认识，扭转了一些同志只愿在根据地打仗，不愿到外线作战的思想。在统一认识后，二纵队一部于 1936 年 6 月底从崇安出发，向资（溪）光（泽）贵（溪）方向挺进，想打通与吴先喜、刘文学率领的四纵队的联系。我们打了十多场仗，但因敌人封锁得严密，便又折回崇安。8 月底，我们便向建阳、建瓯、顺昌、洋口、水口的深山进军。那一带土匪和道会很多，土匪中大鱼吃小鱼，互相倾轧，我们便利用矛盾，通过政治工作，分化、瓦解过来一些，使那个地区的革命斗争形势有所发展。1937年初，我们到将乐、泰宁、邵武等地区开展游击活动。

在此之前，曾昭铭同志带领的五纵队早已到达顺、将、泰地区。二纵队与五纵队在此会合后，并肩作战，想经过宁化县与闽西南游击队打通联系，但因敌人派重兵围追堵截，我们的愿望没能实现，只好又返回邵、将、顺地区打游击。1937年3月初，黄立贵师长带领六纵队也来到了邵、将、泰地区。这时，二、五、六纵队合在一起共400余人。在此进行了整编，将五纵队撤销，并入二、六纵队。我被任命为六纵队政委，原纵队长是林老生同志，负伤后安置在山上群众家里，蒋某某接任纵队长。

整编后，黄立贵师长带领新编二纵队往邵武、光泽、黎川方面活动，我和纵队政治处主任邱子明带领六纵队到将乐、泰宁、建宁等地开展游击活动。当时，国民党得知顺、将、泰地区有我们的大部队集结，于是调遣大批军队向这一地区包围过来。我们先后在将乐的孔村、何坑、九千山等地同敌人打了数仗，其中最激烈的是九千山之战。在那次战斗中，我们有20多人负伤。我把伤员安置在山上群众家里养伤后，就带领部队在九千山一带与敌人周旋。敌人把九千山围得水泄不通，企图把我们困死、饿死在山上。开始我们还能喝点米汤，后来一粒粮也没有了，好在山上有野果、野菜，我们就以山楂、苦叶菜、毛梨等来充饥。一天，有个叫任毛的机枪手问我："什么时候能吃上点米饭？"我回答说，敌人不可能永久围住我们，饿肚子是暂时的，我们会很快打出去搞到饭吃的。任毛又说："不要讲吃饭，每餐有点米汤喝就行了。"不几天，我们打出去了，不仅吃了顿米饭，还破天荒地吃到了猪肉。我对任毛开玩笑说："你不是说有点米汤就行了吗？今天还吃到猪肉哩！"大家都笑了起来。

由于敌人实行大规模的"清剿"，加上将乐、泰宁、建宁是游击新区，这为我们开展革命斗争增添了许多困难。为了打开局面，我们从加强群众工作入手，严明纪律，绝不允许损害群众的利益。由于我们队伍纪律严明，对群众利益秋毫无犯，老百姓渐渐地信任我们，感到我们是人民的队伍，有几次在遇到敌人搜查时，群众都冒着被株连的危险来掩护我们的伤员：老人们说伤员是他的儿子，年轻妇女说伤员是她的丈夫，有的妇女为了救活伤员，还用自己的奶水喂伤员。就这样，我们扎根于群众，坚定地依靠群众，渡过了一个又一个险关。

在开辟新游击区的斗争中，我们还特别注意斗争策略。如对待土豪，我们主要是打击土豪中的死硬分子，镇压最反动的，放掉一般的，以打一儆百，使一般土豪不敢为非作歹，有的还主动为我们筹款、送粮、送盐、送布匹。有一次，在战斗中几个战士负了伤，我们找到山脚下的一户地主，敲开了他家的门，我提着手枪对地主说："我们是红军，今晚就住在你家，你去报告！"地主一愣，连忙说："不敢！不敢！"第二天一早，我们又把地主找来，对他说："你去探消息，有敌人来就报告。否则，我们就在你家打仗，先杀了你，烧了房子，然后再打。"地主更是吓得不行。这样，我们就在他家住了好几天。临走时，我们还把几个伤员安置在他家里，警告他说："这几个人如有差池，我们一定找你算账。"并把他的儿子带走。地主迫于压力，只得老老实实地服侍我们的伤员，使我们的伤员很快恢复了健康。为了扩大红军的影响，我们还寻找有利时机狠狠打击敌人。一次，我们化了装，钻进了敌人的心脏，活捉到国民党负责闽赣交界地区"剿匪"工作的巡视员。我们把这个巡视员捉回后没有立即处决，而是叫他为我们提供情报，帮助买胶鞋、药品、子弹等。他都答应了，并写信让人送来了一些鞋子和药品。后来敌人假装送物资来包围我们，想消灭我们，抢回巡视员，而且尾追我们好几天。在不得已的情况下，我们才把他带到将乐处决了。在那个时候，我们有时也虚张声势，把法式机枪、捷克式机枪露在外面，还把步枪套上机枪套，佯装大部队。敌人闻知后，以为主力红军来了，惊慌失措。我们虚虚实实，抓住战机，时分时合，灵活机动地打击敌人，使这一地区的革命斗争有了新的进展。

正当我们在这一地区顽强地开展游击战争之时，7月下旬的一天，警卫员赵培凤泪流满面地拿着一张报纸冲进茅棚，泣不成声地对我说："政委，黄师长……"我接过报纸一看，方知黄立贵师长在邵武遭到敌人包围，激战中壮烈牺牲。这一不幸的消息传出后，指战员无不失声痛哭，有的急于报仇，要求同敌人决一死战；有的感到茫然，丧失了信心。就在这紧急关头，纵队长蒋某某动摇了，写了投敌密信。当这密信被我侦察员截获后，我们思想上特别警惕，首先以加强保卫工作为名，增派两名党员做他的警卫，监视他的行动，把他稳住；其次是对全体同志进行教育，以认清形势，增强对革命必胜的信心。与此同时，我们把能行军作战的伤病员收回部队，不能行军的安置好，准备把部队开往邵武方向，了解黄师长牺牲的情况。正在这时，突围出来的原第五纵队纵队长刘氓，还有吴元金、吴生茂等五人找到了我。从他们口中得知黄师长牺牲的经过：原来黄师长带领第二纵队100多人在邵武梧桐礤山厂，因当地一甲长告密而遭敌700多人包围，黄师长在突围中遇难。这时，敌人到处散布"闽北红军被消灭了"。为了粉碎敌人的谣言，以实际行动为黄师长报仇，我们在邵武连续打了几仗，消灭了几股敌人。当敌人主力发觉并赶来后，我们则挥师西进，进入资、光、贵地区，找到了刘文学的部队。中秋佳节，我们终于在冷水坑与刘文学部队会师了。稍作休整，又继续东进，农历九月初，我们六纵队700多人终于在一座大山上找到了省委，见到了离别一年多的黄道同志。

黄道同志一见我们非常高兴，他握着我的手说："几个月不知你们的消息，真担心啊！"

我向黄道汇报了蒋纵队长的问题，交出了他的投敌密信，并把他交给了省委，后来省委把他处决了。在那段时间里，由于黄师长的牺牲，闽北红军中有极少数人对革命发生动摇，向敌人写密信叛逃，被我发现的还有原第五纵队纵队长刘氓，六纵队的一个军需。他们以后也被省委给处决了。

八一三事件后，在全国人民的强烈呼吁下，蒋介石被迫接受共产党提出的国共合作、联合抗日的主张。但是闽北的国民党当局认为黄立贵师长牺牲了，闽北红军没有力量了，还是加紧"清剿"我们，不肯与我们谈判。在这种情况下，黄道要求我们以革命的两手对付反革命的两手，以打促谈，立足于打。于是，我们六纵队又配合饶守坤、王助率领的一、三纵队连续作战，三战三捷，相继拔除了邵武二都桥、建阳响古、杜潭三个敌据点，歼敌两个连，打击了敌人的嚣张气焰，迫使闽北的国民党当局老老实实地接受谈判。

1937年10月，我闽赣省委与江西省国民党当局在光泽大洲和谈成功，11月间，我受闽赣省委派遣，带着警卫员吴长武，往江西铅山县石塘镇和国民党代表谈判，决定以石塘作为闽北红军集结地点。不久，闽北红军游击队下山到石塘整编，改编为新四军三支队五团，我任五团二营副营长，营长陈仁洪。在石塘过了春节，我们便告别了闽北人民，奔向抗日前线，投入消灭日寇、保卫祖国的伟大斗争。

一日三捷

左丰美

1937 年七七事变后，国共两党达成抗日统一战线，进行第二次合作，但国民党当局却仍不断制造事端，还想趁机一口吃掉我南方各省红军游击队。那个时候，我担任闽北军分区政治部主任。

10 月初，政委王助和我带领闽北独立师第一纵队的 100 多人，通过崇安武夷山的桐木关，在光泽县猪母岗找到了闽赣省委机关。此时，第六纵队的同志们也刚好到达。一天，省委书记黄道向大家做了形势报告，传达了党中央的指示。并决定派王助和我到建瓯、松溪、政和一带，一方面宣传党的抗日救亡政策，粉碎国民党当局的挑衅；一方面配合饶守坤、马长炎在邵、建沿线相机拔除国民党碉堡、据点，显示我军实力，以武力迫使国民党撤军，实现合作抗日。

10 月 14 日，我们离开了省委机关，在林间小道上急行军一天，黄昏时分到达邵武县革命老根据地的大山村，部队就在这里露营过夜。这里距国民党军驻扎的二都桥很近，从望远镜里可以看到北边山岗炮楼里的敌人的身影。我们正在观察时，一个70多岁的老乡背着竹篓子从油茶林里走了出来。他一下子就认出我们是威震闽北的红军黄立贵部队，非常热情地向我们致以问候，而且不待我们询问，就提供了我们所要知道的一些情况。他告诉我们二都桥那边驻有国民党部队1个排，炮楼碉堡中驻2个班，村里庙堂戏台上驻1个班。

回到宿营地，我们仔细地研究并部署了战斗计划。

翌日凌晨3点钟，我们的队伍插到二都桥敌据点里。那些家伙还在睡梦中，像猪一样发出呼呼的打鼾声。同志们全神贯注，数十双眼睛盯着敌炮楼的大门。天色渐白的时候，炮楼的门开了，一个伙夫挑着空水桶出来。一名战士箭步飞上前去只一拳就把他击倒在地。接着，同志们顺势冲进炮楼，一阵扫射，吓得敌军魂不附体，一个个呼爹叫娘举手投降。只几分钟，便结束了战斗。我们带着俘虏走出碉堡时，庙堂戏台边也响起了枪声，那一个班的"国军"也被缴了械。不到半个钟头，第一仗胜利结束，缴获30多支步枪和几支短枪。我们当场放火烧掉炮楼，摧毁了他们的巢穴后，队伍撤出二都桥。

初秋的金色阳光透过森林照射着山间小道，我们怀着胜利的喜悦继续前进，不多时又得到一个可靠情报：在响古村驻有建阳的民团。响古村是邵武到建阳的必经之路，我们决定袭击这股民团，便立即布置了十多个战士化装成赶圩的老百姓，前卫班的战士换上了俘虏的军装开路。整个队伍往东翻过大岭岗，于上午 10 点钟左右到达响古村。

这一天正是村里的圩日，农民们挑着一些土特产，从周围村庄赶来，我们的战士混杂在老乡们中间进了响古村。两个背着枪的民团团丁在街头中心点放哨，见一位老大娘提着鸡笼子心惊胆战地从身旁走过去，鸡笼里装着一只三四斤重的大公鸡，便伸手夺去鸡笼。老大娘被吓得面如土色，苦苦哀求："老总，我孩子病重倒床，我要卖了鸡换些钱求医。这鸡是我的救命根呀！"那两个家伙用力一脚，把老大娘踢倒在地。

看到这情景，战士们肺都气炸了，我掏出藏在内衣里的驳壳枪，"啪啪！"两个家伙应声倒地，街上顿时大乱。战士们一鼓作气冲进碉堡里，"缴枪不杀"的吼声如雷。民团被这突然的一击，吓得晕头转向，一下子都成了俘虏。

"红军来了！"群众蜂拥上来，又是诉苦，又是谈心，我立即跨上一条石凳，大讲党的抗日救亡政策，揭穿国民党顽固派的阴谋。

吃了午饭，我们的队伍离开响古村，3 点左右到达建阳杜潭，得知有一个连的保安队驻扎在街尾的祠堂里。我们立即向敌发起攻击，那祠堂四周有六七米高的围墙，前面是一块大平地，不远处横着一条河，河岸边有一个山岗，保安队凭借其有利地形，居高临下，进行顽抗。不一会儿，长坪方向的保安队又赶来增援，在河对岸的山岗上不断向我们开枪。在这千钧一发的时刻，我们决定不硬攻，命令一纵队从街上撤退，六纵队装扮成从黄坑来的敌增援部队，我带了一支队的 3 个班和 1 挺机枪，埋伏在距祠堂 10 米左右的一个老百姓家里。王助带着队伍撤退，给保安队造成错觉。枪声渐渐稀疏下来，山岗上赶来增援的保安队以为我们撤退了，一股劲儿冲到河边，把脖子伸得长长的，朝着祠堂里高喊："街上的红军撤退了，弟兄们出来吧！"

"哗啦"一声，大门打开了，祠堂里的保安队朝天放了几枪，壮壮胆子，然后探头探脑地走出大门。

"同志们冲呀！"我一挥手，埋伏下来的战士闪电般地冲出来，我端着机枪朝对岸猛烈横扫，打得那些保安队溃不成军，像潮水一样退下去。这时，我们假装黄坑来的"增援部队"正好赶到。祠堂里出来的保安队又正面受到突然袭击，只好乖乖地举手投降。就这样，我们又消灭了 1 个连的保安队，缴获 70 多支枪和大量的弹药。

这一天之内，我们三战三捷，大大地打击了国民党顽固派的嚣张气焰，鼓舞了群众的抗日信心。

大洲谈判

黄知真

1937 年，七七事变和八一三事变爆发后，国民党江西省政府迫于应付日寇的大举进攻，不得不从我根据地抽调"清剿"部队，于是下令光泽县县长高楚衡与我们联系，表示愿意谈判"停止内战，团结抗日"。

8 月，我们收到高楚衡的一封信，信上说，江西省政府熊式辉主席已收到了闽赣省军政委员会发出的《快邮代电》，愿意以此为基础进行谈判，并委托他为全权代表，希望我们派出代表，决定日期，指定地点，早日实现和平谈判，以"造福乡梓"。

接到来信，黄道同志立即召开会议，讨论对策。黄道同志说："现在日本帝国主义打进了我们多灾多难的祖国，中华民族面临生死存亡的紧要关头，全国人民要求抗日，我党领导人民投入抗日民族解放战争，形势逼迫国民党不能不表示愿意停止内战。停止内战、联合抗日是我们党提出的主张，现在他们表示愿意谈判，我们就应当欢迎。当然，在谈判时要提高警惕，不能上当。"

"这是真的。"原来曾在光泽县任扫帚尾区区委书记的蔡诗珊同志说，"我被捕关在光泽县城，是高楚衡找我，请我回来与省委联系，转告他们的谈判要求。"

"怎么没有听你说过？"

"怕当反革命，不敢讲。"

这就直接证实了谈判的可能性，也证实了谈判的可行性。省委决定：同意谈判，地点就在大洲，我们负责对方的安全。并讨论了谈判的条件，达成了共识。会后，派蔡诗珊同志去光泽，向高楚衡转告我们的决定，安排具体事宜。

9月，蔡诗珊带回高楚衡的信，信上说江西省政府已经正式委派他和江西省第七区保安副司令周中诚为谈判代表，表示同意我方的谈判条件，谈判时间、地点由我方决定。省委确定：黄知真、邱子明两同志为谈判代表，连同谈判日期通知对方。

要我当谈判代表，完全出乎我的意料。当时我只有17岁，担任闽北军分区政治宣传部副部长，深感自己年轻，难以当此重任。说实在的，真有些胆怯。我跑去问黄道同志："你看我行吗？"他坚定地回答："行！怎么不行了，只要按照会上定的精神谈，把握不准的就坚持等待中央指示。"说完站了起来，望着我，风趣地说道："要知道，现在是他们着急，不是我们着急。"

在预定日期的前两天，我和邱子明同志带上全副武装的教导队一个排下山谈判。大洲，其实并不大，只有几十户人家，分散在一个四面环山的小田坂周围。我们选择了一栋靠山的较大房子，作为住所和谈判地点。

第二天上午，对方代表来了。听到报告，我和子明同志走出门外，只见两乘黑色小轿，跟着四个护兵。护兵上前掀起轿帘，轿里钻出两个人：一个军人，上来敬个礼，口称："兄弟周中诚。"一个文官，脱下礼帽，轻轻一点头："高楚衡。"我和子明同志也做了自我介绍，对他们表示欢迎，请他们进屋休息。

周中诚首先开口，他说："这次兄弟同高县长奉命与贵军谈判。熊主席表示，只要贵我双方竭诚合作，没有解决不了的问题。"说完，眼看高楚衡："高县长，你说呢？"

高楚衡没有说话，点了点头。

我说："现在国难当头，全国人民都要求停止内战，一致抗日。我们在半年前发出的《快邮代电》也早已提出了这个主张。我们是有诚意的，双方共同努力，就能谈得好。"

"一定谈好，一定能谈好！"他们连连点头。

互相交换了各自的打算，就吃午饭了。饭后，撤下碗筷，擦过桌子，接着又谈。

这次是我们先说。我问："闽赣省军政委员会3月的《快邮代电》看到了吧？"高楚衡回答："贵方的《快邮代电》，我们已经拜读过了，还仔细研究过。停止内战，联合抗日，也是我们的希望。贵方提出的这些条件，都可以商量。我们都是中国人，都要打日本嘛。"

"'都是中国人，都要打日本。'有这两句话，我们就好谈了。"我接着说，"在我们的《快邮代电》里，提出的条件只有三个：第一，停止内战，联合抗日；第二，释放政治犯；第三，划出地方让我军驻防，并协助我们派出的同志安全到中央去汇报，听取中央的指示。在这之前，请贵方负责解决我军的军需问题。贵方如果接受这三条，我们也可以做到三条：第一，停止打土豪、分田地；第二，不再建立苏维埃政府；第三，我军改编为闽赣抗日义勇军。"

他们简单商量了一下，表示："第一条上午已经谈过，没有异议。第二条释放政治犯，还要查清楚，哪些人是政治犯，哪些人不属于政治犯。还有些监狱不属江西管，需要报告上峰，才好回答。"

我说："政治犯的含义很清楚。共产党员，红军战士，苏区群众，还有因为主张抗日被捕的人，都属于政治犯；既然我们已经合作抗日，这些人都应当释放。只要下一道命令，凡是以上几种人统统释放，不是很简单吗？"

"那么贵方能不能提供个名单呢？"他们又问。

"名单我们可以随时提供。"我说，"但是我们现在还受封锁线的阻挠，各地区情况不可能一下子全部搞清。至于哪些不是我们根据地的人，我们提不出来，还是希望贵方主动把关押的政治犯释放出来，并且通知各地，我们将就近同当地政府交涉，希望给予协助。"

"那好，那好。"

其实他们并不主动。以后我们在铅山、崇安、邵武以及其他地方有关释放政治犯的谈判，都曾遇到不少波折。但是他们既然已经承认表示同意释放政治犯，我们在政治上就取得了主动权。

在以后的几天谈判中，有些问题解决得比较顺利，有些问题则经过一番曲折，甚至是激烈的争论。

在我军的驻防地点问题上，省委原定方案是崇安或铅山，最好在崇安。所以我们一开始就提出崇安。他们再三表示，他们是江西省政府派出的代表，只能代表江西方面。崇安是属福建的，他们不好表态。这样，我们拿出了第二个方案——铅山。他们表示同意，只是要求允许他们在河口驻军，以保护军需仓库和后方医院。其他地方，我军一到，他们的部队都可撤出。

在谈到我军的粮饷和军需供应问题时，他们问："贵军现有多少部队？"我答："有 8 支纵队。"他们又问："能否提供一个确切的数字？"我说："因为现在还有封锁线，我军联系比较困难，而且几乎天天作战，有减员，也有新兵入伍，一时难以提供确切数字，待部队集中以后，完全可以搞清。"

他们表示，闽北红军不属江西的部队，由江西提供粮饷和物资有困难。我们解释说：只是因为我们已做出了不再打土豪、分田地的允诺，所以才需要贵方提供粮食和其他军需物品。

谈来谈去，他们总是支支吾吾、吞吞吐吐，似乎既称闽赣抗日义勇军，由他们负责供应不好办。原来他们是早有打算，想把我军编入江西保安团。说穿了，就是要借机吃掉我们。对于这个阴谋，我们针锋相对地明确表示："我军的番号现在只能改为'闽赣边抗日义勇军'，在同我党中央取得联系以后，一切听从我们中央的指示。我们只是请贵方在这段时间内供应我军粮食和军需物资。"

周中诚是行伍出身，头脑比较简单，看到如意算盘落了空，便毫不客气地威胁说："如果上峰不答应呢?"

"那也没有什么，过去十年贵方没有供应，不是都过来了吗?"我轻松地回敬一句。

高楚衡久居官场，比较老练，心想这不是又要打土豪了吗? 赶忙接过话头："贵方是否可以把'闽赣边抗日义勇军'改为'赣闽边抗日义勇军'呢? 把江西放在前面，我们对上峰也交代得过去了。"然后看看周中诚，"周司令，是不是这个意思?"周中诚也随声附和："就是这个意思。"

我与子明同志相视一笑，心想他们的阶级观念真强，一听到要打土豪就变了调门。为给他台阶下，我爽快地回答："好吧，既然是这个意思可以同意，就称为'赣闽边抗日义勇军'。"紧张的气氛随即缓和下来。

在谈到我军集中的时间时，他们首先问需要多长时间才能集结完毕，他们好做准备。我们的回答是："现在部队分布的区域很广，通信设备又差，只能派人传达命令。由于封锁线的分割，派人传送命令也很困难，最少需要三个月的时间。"并且提出希望他们发给我方传送命令人员通行护照，以便能顺利通过封锁线，迅速把命令传送到部队去。他们只得表示同意"提供方便"。

最后，我们提出："我党中央已经在南京设立了八路军办事处，我们决定派一位负责同志前去向中央请示，请贵方给予协助，使之早日安全到达。"他们满口答应："请二位放心，我们一定负责他的安全。"

至此，双方已达成协议。我们提议休会，以等待黄道同志最后审定。他们表示同意。当天，我们就派人把谈判结果报送省委。

隔了一天，黄道、曾镜冰同志到了大洲，同周、高见了面。黄道同志表示欢迎他们远道而来，同意已经达成的各项协议，希望双方共同遵守，竭诚合作。周、高都说："对双方达成的协议表示满意，回去后一定尽快向省政府和熊主席报告，一经批准，就立即通知贵方。"

"很好。"黄道同志说，"这次谈判，两位是带着诚意来的，顺利达成了协议，希望两位向江西省政府转达我们的诚意，我们答应做到的那几条，请尽管放心，绝不食言。"中午，黄道、曾镜冰同志请他们吃了饭。道别以后，他们乘轿回去。

谈判结束，省委机关也下了山，住进大洲村。

几天以后，周中诚来信告诉我们，国民党江西省政府已同意大洲谈判的协议，并指定吴仰山具体办理铅山交接和军需供给事宜。还表示欢迎我赴中央的同志早日到南城，由他负责沿途的安全。这就是说，双方都正式肯定了大洲谈判所达成的协议。

大洲谈判，表明国民党消灭闽赣边区红军游击队的企图彻底破产，标志闽赣边区艰苦卓绝的三年游击战争取得了光荣的胜利。

石塘整编

饶守坤

1937 年 8 月，七七事变后，国共两党抗日民族统一战线正式形成。

9 月底，闽赣省委与国民党江西当局在光泽大洲进行国共合作谈判，达成了停止内战、一致抗日的协议。大洲谈判后，国民党军仍在邵武一带继续向我游击队进攻。闽赣省委为粉碎敌人的阴谋，促进国共和谈，指示饶守坤、王助、马长炎、左丰美率部进行自卫反击。10 月 14 日一个昼夜内三战三捷，连续拔除邵武二都桥、建阳响古村和杜潭村三个据点，消灭顽军 2 个连，沉重地打击了敌人的嚣张气焰，迫使敌人老老实实地接受了停战协议。闽赣省委抓住有利时机，迅即指示下辖的建松政、资光贵、邵顺建等游击区与国民党地方当局进行谈判。

10 月上旬，闽赣省委派曾昭铭赴南昌，向项英、陈毅同志汇报谈判情况。项英同志说："国共两党已达成协议，

216

南方八省红军游击队改编为新四军。中央派新四军参谋长张云逸等人已到福州，与国民党福建当局交涉福建红军游击队改编等问题。他们暂时停止行动，部队集中准备改编为闽赣边抗日义勇军，其余一切问题由我和国民党江西省政府接洽解决。"

闽赣省委根据项英指示，立即通知各游击区，扩充队伍，前来集中。集中地点原拟在崇安大安，但由于崇安至分水关一带的国民党驻军迟迟不肯撤退，为避免误会，又暂定在浆溪。为了稳妥地解决部队安全集中地点问题，黄道、曾镜冰等先后八次致信国民党崇安县县长蒋伯雄，要求他转达我方意见，请国民党福建当局下令撤退崇安至分水关一带的驻军，以便于我部队下山集中。但国民党地方当局一再寻找借口推托，后在我方再三交涉下，国民党江西省当局才同意撤退铅山县所属石塘、紫溪、杨村、车盘一带的驻军和民团，闽北红军集中地点才定在石塘。

石塘镇是江西省铅山县的一个市镇，也是闽北老苏区中的一个重要集镇，镇上有1000多户人家。它南靠武夷山、北临信江和浙赣铁路，水陆交通甚为方便。这里物产极为丰富，尤其是关山纸爽滑柔软，是文房四宝中的佳品，甚得文人墨客的喜爱。还有纸伞也很出名，当地有"陈坊的连史，石塘的伞"的说法。但由于国民党军队的"清剿"破坏，市面却显得格外的萧条、冷清。

从10月下旬到12月中旬的这段时间内，坚持战斗在闽

217

赣大山中的各路红军游击队，陆续下山赴石塘集中的共700多人，其中始终坚持三年游击战争的有200多人。黄道同志给这些中华民族的精英发了一枚银质的"闽浙赣边区坚持斗争纪念章"。队伍一片沉寂，一双双枯瘦的大手紧捧着这枚纪念章，一双双深凹的眼睛紧盯着这枚纪念章，突然，"哇"的一声刺耳的尖叫打破了这死寂的沉静，一个战士号啕大哭起来，瘦削的双肩剧烈地抽搐着。大家围观来，黄道同志摆摆手示意："让他哭吧，他心里难受。"是呀，这三年来是多么的不易呀！失去了党中央的联系，像孤儿一样游荡在深山的密林中，国民党的"清剿"追杀、饥饿、寒冷、伤痛、死亡，都一一地嵌印在大家脑海里、心灵上。多少崇敬的领导面容消失了，多少日夜相处的战友不见了，5000人的队伍仅仅剩下这点人，怎能不令人痛心呢！

大家睹物生情，泪水顺着脸颊无声地流淌。这时，号啕大哭的战士挺起身，仰望着天空说："国民党和我们打了十年内战，'五角星'同'十二角星'斗了十多年，国民党天天嚷要消灭红军，我们也天天喊打倒国民党，可今天却和他合作，这是为什么？"

顿时，队伍像捅了一棍的马蜂窝，纷纷议论起来："国共合作、国共合作，国民党杀了我们多少人，我们牺牲了多少红军干部战士，怎能和他合作？"

"就是，这几年的仗不是白打了吗，罪不是白受了吗？与国民党合作，岂不太便宜他们了！"

"国民党与我们水火不容，能和我们真心实意合作抗日吗？"

大家七嘴八舌地嚷嚷着。原来下山时尚未解决好的疙疙瘩瘩又冒了出来。

黄道书记这时语重心长地说："同志们，大家的心情可以理解，当初省委机关的同志转弯也是经过了一番思想斗争。过去，我们同国民党打仗，建立红色的苏维埃政权，代表的是劳动人民的利益，所以，大家不怕吃苦，不怕受罪，也不怕流血牺牲。为什么呢？因为心里的目的明确，就是要推翻国民党的黑暗统治，解救全国的劳苦大众。现在，我们要同日本帝国主义打仗，这是代表全国人民的利益。为了民族的生存，我们要舍弃一切阶级恩怨，舍弃与国民党反动派的阶级之仇，联合一切可以联合的力量，共同抗日，才能早日驱逐日军出中国。这是我们全民族的共同利益，也是我们共产党人、红军的任务所在。我们要挑起抗日救国的重担，对国民党，我们是既团结又斗争，在斗争中求团结，这需要我们既要有诚意，又要有策略，才能发展和壮大我们自己。请大家想一想，首先我们的这些干部要好好想一想，搞通思想是我们整编的基础，是第一仗。要打好这一仗，才能顺利地搞好其他的工作。否则，我们的整编就会失败，部队就开不到前线去，前期的工作就要付诸东流。"

黄书记的话激荡着每个人的心胸，每个人都慢慢咀嚼着、回味着这一伟大历史转折时期的阵痛。

随后，我们召开了干部会议。会上黄道同志组织大家学习中央在 1935 年发表的《八一宣言》和 1936 年 9 月做出的《为抗日救亡运动的新形势与民主共和国的决议》等文件，又引用列宁有关"革命的妥协""以退为进"等理论，提高大家对抗日统一战线的正确认识。黄道书记代表省委强调了部队集中后必须立即着手的工作，要深入农村，大力宣传国共合作，抗日救亡，要使人民群众对目前党的政策和红军的做法有一个全面的理解；要进一步地扩大抗日队伍；部队要"独立自主靠山扎"，防止国民党军队的暗算；抓部队的整训，做好开赴前线的一切准备。

部队集中石塘，我们对国民党军队格外警惕，分别对铅山、玉山、上饶、广丰等方向派出侦察员，密切注视他们的动向。起初，铅山、玉山、上饶、广丰等地的国民党军队调动频繁，铅山国民党保安团团长扬言要打，要消灭红军。我们感到石塘镇的地形不利，便将部队拉到石塘的河对岸，依山傍水驻扎，石塘只放了一个排的兵力。

不久，国民党江西省保安司令部少校营长点验员来石塘点验部队，我们又将部队拉到石塘。

在石塘，国民党铅山县政府刁难我们，在粮食上卡我们。黄道书记和我前去同他们交涉，他们阴阳怪气地说："红军和老百姓亲如一家人，你们可以到老百姓那里去讨嘛。"我怒不可遏，喝道："你们口口声声联合抗日，给养物资全部供给，可现在却连一点粮食都不拿出来，你们的诚意何在？好吧，不给也罢，我们会有办法的。要是有什么后果的话，可别怪我们了。"铅山县政府害怕我们再去打土豪，便乖乖地给了粮食。

为了担负拯救中华民族的重任，部队进行了紧急动员，迅速组织部队、干部四处下乡，宣传抗日，宣传国共合作，动员青壮年参加抗日队伍。起初，群众看到我们非常高兴，七拉八扯地让到家里坐，喝茶吃饭，但当谈到国共合作时，群众便沉下脸来，表示不理解。一天，在一山坳里，我们的战士遇到一个打柴的小伙子，动员他参军，他满口答应，但又说："回家和我妈妈说说。"便拉着战士回家和他妈说起参军的事。

老大娘叹了一口气说："这些年，国民党害苦了红军，也害苦了老百姓，你说合伙的事，是不是队伍里出了奸臣，怎么会跟他们合伙呢？"

"老大娘，不是合伙，是合作，一起打日本鬼子。日本鬼子来了，所有的中国人都联合起来，这样力量才大。我们共产党队伍里没出奸臣，这是策略。"

"理是直的，可情不通啊。"

"老大娘，你会通的，参军的事，你同意吧？"

老大娘怔怔地望着灶里的火苗，慢慢地说："我有三个儿子。五年前，大儿子参加红军走了，现在哪，不知死活；二儿子前年逃丁，在山前被国民党打死了。就这么个伢仔在我跟前了，我要有个闪失，也好给我送终。孩子他爹死得早，我孤儿寡母……"

战士再也听不下去了，便悄悄抽身出来。忽听屋里的老大娘问："伢仔，参军，你愿意去吗？"没有答话，只听得"当"的一声，像是赌气摔了什么东西。

"你要愿去，就去吧。打日本，众人拾柴火焰高啊！"

战士拉着伢仔来到部队，向我说起这一段时，我的心久久不能平静。

这就是闽北的人民，这就是山里的乡亲！十年内战，他们付出了多大的代价啊！民族危亡，他们又奉献出了唯一的骨肉。精神是何等高尚，胸怀是何等的宽广啊！巍峨的武夷山之所以能支撑起祖国东南半壁江山，就是由于这里的人民啊！

由于这一带是老苏区，一经发动，即掀起了参军热潮，青壮年纷纷报名参军。

崇安岚头村只有 30 户人家，就有 20 多名青壮年参军。铅山、上饶、横峰、广丰一带许多青壮年跑到石塘参军，三年游击战争中负伤失散的红军战士也积极归队。队伍发展得很快，迅猛扩展到 1300 多人。这期间，从上海来了一批青年学生。我们根据他们的特点，组织成立了巡回歌咏队、抗战剧团、演讲团，上街头，入深巷，大力开展抗日救亡宣传运动。

这时的石塘和周围的农村沸腾了，到处是醒目的标语，到处是欢乐的人群，大街上人来人往，欢声笑语，夹杂着部队训练的喊杀声，洋溢着一派抗日救国的热烈气氛。

12 月，闽北红军游击队统一改为闽赣边区抗日义勇军第三支队。为了做好奔赴抗日前线的准备工作，我们遵照省委指示抓紧了提高部队的军事素质和增强杀敌本领的训练，这期间，我们还组织了政治培训、军事演习和抗日游行示威等活动。

这时，天寒地冻，部队没有棉衣，国民党刁难我们，拒不发放棉衣，经反复交涉才答应，由刘文学同志和国民党少校点验员一起去南昌国民党江西省保安司令部，按照 1300 多人的花名册办理了领棉衣的手续。棉衣由南昌用火车运到横峰，再用汽车运到铅山后转石塘。

1938 年 1 月下旬，战士穿上了棉衣。在发棉衣时，还发了国民党的帽徽。干部战士对此特别反感，纷纷表示继续戴红五星，不要国民党帽徽。为此，部队召开连以上干部会议，统一思想，反复强调我们戴国民党的帽徽，是抗日的需要，是统一战线的需要，是为了挽救中华民族的危亡。虽然我们部队改编了，但我们红军为革命的宗旨没有变，是外白内红。战士们这才恋恋不舍地将红五星摘下来，珍藏在身边。后来，我们左臂上戴上了"新四军"的臂章。

春节前夕，新四军第三支队司令员张云逸由南昌来石塘筹建三支队机构，抽调了部分干部到支队司政机关工作。孙克骥被调到支队政治部任宣传教育科长。

张云逸同志还代表新四军军部向坚持三年游击战争的闽

北党和红军表示敬意，并发表了热情洋溢的讲话。鼓励大家保持和发扬红军的优良传统，北上打击日本侵略者。

1月30日，我们在石塘迎来了中国人民的传统节日——春节。大家齐集一堂，观看了"七七"剧团、抗敌剧团演出的《放下你的鞭子》等节目，热热闹闹地过了一个春节。2月9日，在一所学校里举行了五团营以上干部就职仪式，会议由张云逸同志主持，黄道受中共东南分局委托，宣布了新四军军部命令，闽赣边区红军游击队改编为"国民革命军新编第四军第三支队第五团"。由于国民党的反对，部队里不设政工干部，但我们内部实际上仍实行政委和教导员制，副团长就是团政委，副营长就是营教导员。宣布命令之后，传达了毛泽东同志1937年12月13日在党中央政治局会议上题为"关于南方各游击区的工作成果的决议"的讲话。接着黄道同志代表闽赣省委做了发言，他要求同志们要愉快地走向抗日战场。

1938年2月25日，新四军五团北上抗日誓师大会在石塘河滩上召开。指战员排着整齐的队伍，唱着《义勇军进行曲》，雄赳赳地走进会场。整个会场上人山人海，鞭炮齐鸣，锣鼓喧天。

我激动地登上讲台向闽北乡亲告别："同志们，父老兄弟姐妹们，几个月来，我们在各界朋友和父老乡亲们的支持下，完成了部队的整编。今天我们就要离开这里，开赴抗日前线了，我们一定狠狠地打击日本侵略者，驱逐日军出中国。不打倒日本侵略者，我们决不回来见家乡的父老兄弟姐妹们。"会后，杨元三参谋长宣布："部队出发！"

会场上又响起了震天的锣鼓声和鞭炮声，四乡赶来欢送的群众拥在街道两旁，人声鼎沸，口号此起彼伏。许多老人和妇女噙着热泪，端着茶水，拿着鸡蛋，硬往战士们的手里塞："再喝一口吧，家乡的水……"

我率领着部队迎着亲人们热切的眼光，告别了家乡，告别了亲人，踏上奔赴抗日前线的征途。

闽北红色医院[*]

宣金堂　程添福　杨金福

闽北红色医院，建于 1930 年春，有工作人员 20 多人，地点在大安街附近的陶观厂。至 1931 年秋发展到近 70 人，设有内科和外科，可接收伤员 200 人至 300 人。随着苏区各项事业的蓬勃发展和战争的需要，1933 年春又在大安的张山头创办了闽北红军医院调养所，即中医院，有医务工作人员 30 多人，可接收伤病员 100 多人。

1934 年 10 月，中央红军北上长征后，地处闽浙赣边区的闽北红军游击队进入了三年游击战争的艰难岁月，闽北红军医院也由福建省崇安分水关境内的马家坪转移到江西省铅山县的石垄。这所医院迁到石垄后，进行了精简，将医院改为医疗所，并根据轻重伤员，分为一、二、三所。第一、二所为轻伤员所，第三所为重伤员所。中医院留在崇安老根据

* 本文原标题为《回忆闽北红色医院》，收录时做了适当修改。

地，由张山头转移到上东坑的森林里，坚持治伤治病。

上东坑位于被誉为"华东屋脊"的黄岗山山脚下，在大安境内的一个深山坑里，这所中医院虽然驻在很隐蔽的地方，但白匪军居心叵测，企图围困消灭红军和游击队，每天派出喽啰兵到四周的山棚、小村庄杀人放火，实行烧光、抢光、杀光的"三光政策"，强迫将这一带的山棚小村群众并到大村，在桥梁路口上建筑起了炮台及其他工事，日夜派白匪军看守，阴谋割断红军和群众的联系，把伤病员困在山上，达到消灭红军游击队的目的。我们三人就是在这战火纷飞的年代，先后在这所红色医院住过院，与游击战中负伤的战友共同度过了那一段段艰苦难忘的亲身经历，至今仍深深地铭刻在我们的心里。

1935 年初，在江西省铅山县龙西村与白匪的一场战斗中，宣金堂因腹部负了重伤，赣东北红军挺进师决定将他送到驻扎在上东坑的闽北红军中医院治疗。当时，这所医院共有院长、指导员、医生、护士、看护生和看护兵等 30 多人，伤病员近 20 人。那时上东坑的庄上还有几户群众，还能够买到一点粮食。医院里一天有两顿稀饭，生活还不错。但由于敌人长期进攻，手段越来越毒辣，把山棚和小村庄的房屋全部烧光了；炮台工事林立，到处建立了封锁线，因而医院的粮食就成了问题。伤病员因缺少粮食和药品，个个面黄肌瘦，皮包骨头，四肢无力，少数轻伤病员虽然能下床走路，但缺乏营养，经常支持不住，走路跌倒。

医院党支部书记、政治指导员叶泉太是一位革命事业心很强的同志，经常半夜里到各个病房探望病人。他看到医院这样缺粮，内心万分焦急，日夜都在思虑着如何解决全院同志的吃粮问题，他想到了闽北分区委书记黄道在上政治课时讲的，当年苏联人民在国内革命战争最艰难时期，吃牛皮带和吃树皮草根的故事，想到了美丽富饶的武夷山上生长着的野果木竹，下定决心要解决困难，不能让战士被饥饿和病魔夺去生命。

已是半夜12点钟了，指导员拿着灯火找到炊事员赵封贵，要他明早到警卫班去，将牛皮刺刀套和牛皮带收集起来，洗净，消毒后切成一小块一小块，煮给伤病员吃。

老赵同志手勤脚快。第二天一早，就把收集来的牛皮刺刀套和牛皮带按指导员的吩咐，煮好后送到了病房，伤病员吃着煮的牛皮带，都夸老赵是革命队伍中的好炊事员。

一天，叶指导员召开了全院工作人员会议，他说，方志敏同志曾教导过我们，革命的困难是前进中的困难，敌人的困难是失败中的困难，因此只要我们大家有为党为革命克服困难的决心，任何困难都能够克服。伤病员是在前方英勇杀敌负的伤，来到我们医院休养医治，院内每个同志都有责任保护他们的身体健康，使他们迅速治好伤病，重返前线，争取革命早日成功。接着他还说，现在虽然是初春，山上的草木还未发青，但是树皮草根仍然存在。山上的红老虎刺树皮，把粗皮削除后，里面的细皮又甜又香，富有营养价值；

还可以挖山粉。叶指导员的话，受到全院工作人员的热烈拥护。

第二天，医院的全体人员立刻行动，掀起了一股上山找树皮、挖山粉的热潮。这一天万里无云，站在武夷山山顶举目眺望，看到山脚下，白匪军正在烧山，枪声四起，周围到处是烟雾，同志们一个个都愤恨万分，叶指导员说："大家应该把对白匪军的怒火，化为革命力量，今天挖山粉来个革命竞赛，看谁挖得多，用自己的实际行动去反对敌人烧、杀、抢的滔天罪行。"虽然同志们没有锄头，只用简陋的工具，但12位同志半天就挖了山粉、草根90多斤。他们将山粉根放在石板上，用木头捶打，制成湿山粉20多斤，勉强可解决一两天的粮食。打这以后，不管刮风下雪，全院的工作人员都上山挖草根找食物。

粮食解决之后，药品供应又成了突出的问题。在敌人进攻初期带上山的药品，到了3月底就全部用完了，叶指导员又为伤病员的医药问题发愁了。他想，山上的树皮草根能够当粮食，难道山上的百草就不能治病吗？记得前人说过，武夷山是盛产草药的地方，但是谁懂得草药呢？叶指导员召开全院工作人员大会，他说："我们的祖先所用的医药都是草药，群众一贯喜爱用草药治病，我们医院的全体同志应自力更生，用草药来治伤病。"叶指导员的话声未落，炊事员老赵便立即站起来说："医治枪伤的草药我老赵多少懂得一点，记得十五六岁时，我跟父亲一起上山打猎，他告诉过我，如果被鸟枪打伤了，把山上的苦菜、杜鹃花、冬泡刺三样嫩叶子放在一起，用嘴嚼烂后敷在伤口处，连用十来次就可以治愈。"

叶指导员听说土办法能治伤，十分高兴，说："我们住在山里，不但靠山吃饭，而且要靠山治病。"当天就和老赵等同志一起上山采草药给伤病员治病。

这时，宣金堂的腹部伤口两三天没有医药换洗，已经化脓出血，疼得头昏眼花，经过老赵传授的草药医治之后，短短的20多天，伤口就慢慢愈合了，不久就基本痊愈了。其他的伤员，经过采用草药治疗，也都收到了很好的效果，陆续返回战斗岗位。

这年7月间，四纵队的杨金福不幸腿部负了重伤，送往闽北红军医院治疗。这时，医院设在崇安县坑口方向龙东门大山里，有一位姓何的医生，是打广丰县洋口时从国民党兵那里俘虏来的。有一位叫小陈的护理员，原来当过黄道书记的警卫员，另一位护理员是黄道的挑夫老吴的弟弟。

闽北红军医院到了龙东门，医疗条件比在上东坑更差了。当年，杨金福负伤时正是盛夏时节，由于缺乏消毒药品，伤口上长出了蛆，而子弹头还留在大腿部，何医生无可奈何，就在无手术器械和麻醉药品的情况下，用盐水消毒后，仅靠一把剪刀动了手术。因流血过多，杨金福昏了过去。他醒来时，何医生把子弹头给他看，并告诉他子弹头是用剪刀取出来的。这种难忘的经历，始终令他记忆犹新。

不久，因国民党反动派的进攻，医院跟随闽北分区司令部、兵工厂由崇安县坑口附近的龙东门，迁到崇安岚谷北面的铜钵山中。在转移过程中，由于要避开敌占区的封锁线，走的是崎岖小道，攀的是峭岩陡壁，住的是深山老林，有时还要涉水过溪，河水刺骨，加上伤病员体质弱，同志们就是凭着一股火一般的革命热情，翻越几十座大山，克服了重重困难，才转移到目的地。

在这里住了数月，转眼到了 1936 年 4 月，形势有了好转，闽北游击根据地得到恢复与发展。当时，医院通过各种渠道和关系搞到了一些药品。在当时能弄到一批药品是很难得的，个个如获至宝，喜出望外。

1936 年冬，闽北地区的战局又起了新的变化，中医院已无能力接收伤病员。为使这个医院能保存下来，医院实行化整为零的办法，将医务人员和伤病员分成若干个组分散活动，开始进入一个更为艰难的时期。那个阶段，医院曾先后分散在原属闽北苏区江西省广丰境内的北坑、福建省崇安境内的大浑和岚谷等山头，跟随部队打游击。在分散活动过程中遇到了更大的困难，比如有了敌情，不分白天黑夜，不论刮风下雨，不论医生还是伤病员，都得马上转移。在转移路上，有的因路滑坡陡，经常摔倒，有的因涉水过溪，常常被冻得引起发冷发热；有的因过度疲劳，染上了重病。

1937 年蒋介石在与我党谈判的同时，抓紧对南方各省红军游击队进攻，妄图在三个月内消灭红军游击队，在这严峻的形势面前，盘踞在闽北和崇安的敌人活动更加猖獗起来，"围剿"红军游击队的手段也更加毒辣了。由于敌人对游击队加紧了进攻，对老区群众加强了控制，大批良田无人耕种，群众只能领到按人口配给的口粮，生活十分困苦。为了支援红军游击队，许多群众就将有限的粮食节省下来，冒着生命危险，秘密地送上山给红军游击队。不少群众还把配制好的草药送到红军医院驻地，为医院排忧解难。老区群众与红军这种深厚的鱼水感情和血肉关系，深深地印在我们的脑海里。

这所红色医院，经历了闽北苏区初创时期和三年游击战争时期，直到抗战爆发，随着战局的转变，才完成了它的历史使命。

闽北兵工厂*

沈崇文

我是崇安县洋庄乡小浆村人。1932 年 5 月，我刚 14 岁，就在设于闽北红色首府大安范畲的闽北兵工厂当工人。三年游击战争期间，我始终在这个兵工厂。

1935 年 1 月，由于第五次反"围剿"失利和中央红军长征，闽北分区党政机关全部撤离红色首府大安，开始了艰苦卓绝的三年游击战争。

自 1 月初至 2 月下旬，我们兵工厂跟随闽北分区司令部行动，先后从范畲迁到陶观、洪溪、长涧源、坑口、车盆坑、温林圳。闽北兵工厂在撤离大安范畲村之前，埋藏了无法携带的大件的机床、铣床、钻床等制枪机器设备，人员也由 300 多人精减到六七十人，一部分人员分配到红军游击队去加强战斗力。不久，又在长涧源参加独立师整编，兵工厂

---

  * 本文原标题为《游击战争时期的闽北兵工厂》，收录时做了适当修改。

的建制由五个科缩小到只有修械和子弹两个科。改编后首战黄墩，首次缴获敌人一挺马克沁重机枪，红军战士欣喜万分，马上拿到我们兵工厂来修理，我们很快就完成了修理任务。随后，我们这个兵工厂自温林圳过车盆坑到达江西篁村。

1935 年 2 月下旬，闽北军分区司令员李德胜只身叛变引来敌进攻，形势紧张，兵工厂连夜撤退。闽北军分区司令部迁到桐木关三港一带，我们闽北兵工厂跟在司令部供给处后面，到达马家坪。分区党政机关因仓促应战，丢失了仅有的一部电台，无线电队也编进修械科。原无线电队的俞雅鹿任闽北兵工厂的政委，张昌龙任主任。兵工厂在敌人进攻马家坪时，军工人员被迫分散。我和另一位同志返回闽北分区司令部之后，分区司令部很快就派部队来接应和收容失散人员，在极端艰苦的环境下保存了闽北军工生产的火种。

此后，我们兵工厂只有五六十人跟随分区司令部住在桐木地带的北坑。北坑是一条长 40 多里的大山涧，由溪源经双溪口到北坑 20 多里路，四周都是峭壁，地势险要。山口设有瞭望哨，随时警戒，在这种艰苦的环境中，兵工厂开始了上山后的首次生产。我们军工人员把各个部队收集来的子弹壳翻装成新的子弹。由于当时受条件限制，制造子弹壳有困难，司令部命令各个部队，每打完一仗后，都要把子弹壳收拢，定期送到兵工厂翻装成新子弹。我是在子弹科，负责翻装子弹工作。

当时因设备简陋，制造铜质的弹头有困难，原料来源也缺乏，所以改用锡弹头。锡大多是根据地群众支援的，也有红军缴获的锡制酒具和烛台、香炉等，因为锡的熔点低，子弹射入人体的弹孔大，杀伤力特别强，所以刚开始时，白军还不明底细，惊呼红军发明了一种什么新式武器。这种锡子弹就成了我们兵工厂特有的产品。锡子弹翻制成功后，往往还加上一道工序，把子弹装在布袋里，再用糠壳掺进去，用力左右晃动，使子弹壳互相摩擦之后闪闪发亮，就像崭新的一样。我们兵工厂驻在北坑三四个月，每月生产子弹两三千颗。

当时敌人疯狂地封锁和"围剿"红军，我们粮食供给困难，就吃野菜、竹笋。1935 年 6 月，兵工厂奉命随司令部向坑口方向转移。当时正是春水猛涨季节，行动困难，每逢溪河阻路，大家都争着砍树搭桥，把树干架在冒出水面的岩石上；兵工厂领导带头手拉手地先下河，站在溪中最深、最急的地方，把我们军工人员一个个拉过河去。前来接应司令部、教导队和我们兵工厂转移的独立师第二团，他们过了双溪口后，经垄空、陈家垄越过敌人封锁线，在黄连坑斗米岭遭到驻大安国民党军队截击，就边抵抗边转移，司令部沿着陈家垄——浆溪——路口——天主岗到达地源，我们兵工厂则从大安——范畲——兔子脑——磨石坑转移，最后也到达地源。我们把兵工厂设在地源河上游叫作关子里的大坑。

地源是三年游击战争时期比较稳固的一个游击根据地，

十分安全，一驻就是五个月，我们抓住有利时机和有利环境加紧修理枪械和翻制子弹，这时兵工厂有50余人，其中挑夫就有十多人。这些挑夫，兵工厂转移时，负责挑运工具、火药、原料等，平时就负责挑运粮食。当时粮食是从崇安北边的岚谷运来的，从岚谷经外洋、里洋，爬焦岭关过吴家舍、车盆坑，越温林关，走温林圳，经洪溪到达地源，全程100多里。兵工厂的挑工每星期往返两次。缺粮时，大家就喝稀粥。

1935年秋，为了保证分区司令部和兵工厂能就近经岭阳关从江西广丰、上饶靠近福建崇安边界地带搞到粮食和军工原料，分区司令部和兵工厂迁到崇安的岚谷。教导队护送司令部先走，兵工厂随后朝着岚谷樟村目的地前进。

当时隶属于闽北分区委的广浦县游击司令部驻扎在樟村，我们兵工厂到达樟村之后住了一两个月。不久，敌人来进攻，我们兵工厂同司令部的联系被中断了。几天后，广浦县游击司令部派来接应的部队才在铜钱山找到我们。

1936年初，分区司令部和兵工厂迁到岚谷横源附近的高畲村，在那里住了好几个月。那个地方有20多户人家，都是我们的基本群众。司令部住在高山蓬，我们兵工厂在距离5里的大山里搭竹棚居住。

我们兵工厂在高畲和岚谷大坑住了三四个月后，于1936年下半年搬到离溪源5里的小坑附近，军工生产搞得很火热。这年9月，兵工厂在小坑遭到敌人进攻，防御很是吃力，我们又转移到桐木关地带的北坑。为适应形势，把修枪师傅分散到各个部队，兵工厂留下我们 30 多人造子弹。我们在北坑住不多久，为了防范敌人袭击，频繁搬迁，先后到达溪源、双溪口、荒坑一带坚持军工生产。尽管环境和条件较差，但我们仍然精力充沛，保证做到子弹壳一到，立即动手翻制。这样，一直坚持到 1937 年的全面抗战爆发。

1937 年 7 月，国共两党实行第二次合作，建立抗日民族统一战线。8 月，我们兵工厂的 30 多名同志下山到坑口的村头一带集中，等待改编为新四军。

1938 年 2 月，闽北红军在江西铅山石塘镇改编为新四军第三支队五团，兵工厂主任张昌龙准备北上抗日，率领黄瑛等 29 人在长涧源修枪。以后又到石塘镇的新四军五团团部，为集中在那里的各路部队修理枪械。五团北上安徽之后，闽北兵工厂从村头搬到 20 里外的大山窝里隐蔽起来，直到 1939 年冬，兵工厂才随新四军军部北上。

三年游击战争的艰苦岁月，闽北兵工厂在没有固定厂址的情况下保持建制，坚持生产，这是我们闽北军工生产的独创，将永远载入闽北革命的史册！

革命良师

陈贵芳

工农红军第七军团第二十师原五十八团团长黄立贵（后任闽北独立师师长），政委陈一同志，为中国人民的革命事业先后献出了宝贵的生命。这两位党的优秀儿女，为保卫闽北苏维埃政权，创建建（瓯）松（溪）政（和）苏区立下了不朽的功勋。

我这个来自农村的苦孩子，曾经当过团部通信员，与两位首长朝夕相随，得到他们的精心培育与谆谆教诲。他们俩的音容笑貌、作风品质、革命胆略、灵活战术，给我留下了深刻的印象。当时国民党反动派把陈一政委称为"陈一龙"，把黄立贵同志叫作"黄老虎"。

1933 年，我这个穷苦人家孩子，在杨则仕同志的革命启发教育下，参加了共青团，并担任了儿童团团长和少先队队长。自此走上了革命的道路。

1934 年夏，红五十八团为开辟建松政新苏区，在团长

238

黄立贵、政委陈一同志的率领下，从崇安出发，经浦城，攻水吉，一路如疾风扫枯叶，消灭了国民党的反动地方武装，胜利到达西表。不久成立建松政革命委员会。9月，在太平隘伏击了刘和鼎五十六师及松政浦三县民团1000余人的大举进犯，为开辟新苏区、建立苏维埃政权扫除了障碍。

同年10月，我作为建松政参观团的成员之一赴崇安参观。一个啥也不懂的穷孩子，有机会到闽北苏区首府大安街参观，我心里是多么的高兴。因而在行动上也就显得特别活跃。黄立贵和陈一同志看到之后，就把我留下在团部当通信员。从此，我就和他俩朝夕相随。

跟随他俩的时间虽然只有一年左右，然而他俩对我的影响却十分深远。他俩除了严格要求我做好工作以外，还给我做了学文识字的规定，并经常利用战斗和工作的间隙一字一句地教我认字，手把手地教我写字，通过对字句的讲解，对我进行革命道理的教育。

每当召开重要会议研究工作、分析敌情、布置战斗的时候，他们俩总把我叫到身旁，会议结束之后就问我这个仗怎么打，兵力怎么部署。开头两次，我考虑的是如何警戒，对会议上的讨论与部署没有注意，回答起来结结巴巴，连自己也不知道说什么。黄团长浓眉紧锁，责问我："你的耳朵到哪里去了？这样能学会指挥战斗吗？"

我回答说我是通信员。他的脸色更严峻了："通信员，你准备当一辈子通信员？如果我们牺牲了，谁接手带队伍，谁来继续指挥打仗？革命要培养千千万万的指挥员！"

我有些吃惊，我根本没有想到首长会牺牲。我心里这样想嘴里也就这样回答。

"乱弹琴！我不是铜身铁骨，难道子弹就打不穿我的身体！"

我惊呆了，瞪着大眼睛，直愣愣地看着面前的黄团长。站在一旁的陈一政委哈哈大笑起来，他拍着我的肩膀说："小鬼，革命者要有这个思想准备，我们是在枪林弹雨中战斗的，有战斗就会有牺牲，也要有为革命献出生命的思想准备。所以，作为一个指挥员，不但要考虑如何打好仗，还要考虑如何培养革命的后备力量，使革命后继有人。同样，你们当战士的，既要做好本身应做的工作，还要学会指挥部队，组织战斗。有那么一天，指挥员倒下来了，你们就要接上去，挑起来，继续指挥战斗。这就是我们召开重要会议把你叫到身边的用意，这个道理你懂吗？"

我默默地点着头，但心里却急剧地翻腾起来。

我在他们身边当通信员期间，做了两件错事，受到两次深刻的纪律政策教育。一次是打下龙泉八都的时候，消灭了敌人 1 个排的反动武装之后，我进入"百万"（大地主）大宅院。地主家里的鸡鸭鱼肉很多，我从小爱喝酒，于是，就喝了一瓶竹叶青酒，很快就醉倒了。我们的任务是尽快打回建松政，翌日部队要转移，然而我却烂醉如泥。黄立贵同志看到我这个熊样子，又好气又好笑，只好叫人用担架把我抬走。第二天早上我睁开眼睛，才发现自己躺在担架上。我摸摸自己，并没有什么伤痛的地方。正在困惑不解的时候，一声响雷在我耳边炸响了："你昨晚干什么去了？"这一声吆喝，把我震醒。脑子里迅速闪现昨夜畅饮的景象，身子也就像弹簧那样地从担架上蹦了起来。看到黄团长脸上怒云翻卷、夹雷带电，我脊背发凉，等待着雷轰电击。想不到，一阵沉默之后，即将来临的狂飙，化作和风细雨。他用和蔼的口气对我说："时刻要有敌情观念，准备打仗。怎能喝酒呢？这是违犯红军纪律的，懂吗？"接着，对我进行了一场深刻的纪律教育，又联系这件错事，帮我找根源，分析危害性，认识严重性。一席话，振聋发聩，把我从蒙眬之中唤醒过来。

我这个入伍不久的新兵，在刚当通信员，打崇安澄溪的时候又做了一件违犯党的政策、犯错误的事。当时国民党反动派利用大刀会，经常跟我们作对。有一天，我们进驻澄溪，为铲除大刀会对群众的迷惑与愚弄，黄立贵同志叫我带几个人去打会坛的菩萨。我带了几个和我年龄相仿的红小鬼，进入会坛，很快就把那些高高矮矮、大大小小的菩萨全打掉了。打完之后，感到不过瘾，于是我又转战各家，把老百姓家里的菩萨也打个稀里哗啦。正在兴头的时候，我被叫回去了，我走进团部就被黄立贵同志满脸严肃之气镇住了。他问我："你干什么去了？"

我有点困惑不解。回答说："打菩萨！"还特别补充了一句："是你叫我去打的。"

"我叫你打会坛的菩萨，你为什么打到群众家里去？"

我还是不明白，眨巴着眼睛反问："都是菩萨，为什么不能打？同样是封建迷信，还有什么区别？"

"当然有区别！"他十分明快地回答，"大刀会会坛，是反动派利用菩萨迷惑群众，聚集会徒向我们进攻的罪恶场所。我们把它打掉，就打掉了他们借以迷惑群众的假象，摧毁他们的集结点。群众家里的菩萨，虽然同样是封建迷信的东西，但构不成反革命力量。老百姓供奉菩萨是千百年形成的习惯，不能用简单的办法强行摧毁，只有通过教育，等待群众自己觉悟起来才能打倒，否则，会引起群众对我们的不满。这是违反政策！我们是人民的军队，脱离了人民，还能生存和发展吗？"

"对！"我站在那里没动，但心里直点头。黄立贵同志这一段话，像点灯拨火那样，使我意识到又做了一件蠢事。

不久，我调任小鬼班的班长。在这期间，我又犯过两次错误。头天当班长，第二天就碰上战斗，连长命令我埋伏在一个小山包上。战斗没有打响，我还兴致勃勃，但敌人一发起进攻，我却慌了神，尖啸而又密集的子弹贴着头皮穿过，会徒们手中的尖枪闪闪发光，特别是那些被朱砂迷了本性的狂徒，号叫着冲进我的阵地前沿，我这个毫无实战经验的班长，何曾见过这种阵势。我沉不住气了，忽地一个转身，往后就跑。我这一跑不要紧，那些小鬼，也都跟着我像野兔子那样，掉转屁股东奔西窜，要不是连长及时发起猛烈的进攻，那一仗也就够呛了。战斗一结束，我被狠狠地批了一顿。

在第二天的战斗中，我憋了一肚子的气，看到敌人逼近前沿，没等待进攻的命令，更没有给那些小鬼打招呼，我就甩出一个手榴弹，一个人猛冲出去，"冲呀！杀呀！"像一支离弦的箭，插进敌群，把敌人冲乱了，给我军歼灭敌人以有利条件。这一仗打得很漂亮，可是这仗小鬼班伤亡一半。战斗结束，我又挨批了："蛮干，不懂利用地形地物，造成不应该的伤亡。"我想不通，感到退不是，进不是，心里十分委屈，提出不干这个班长了。陈一同志又把我叫到团部。他批评我第一仗犯了怯敌逃跑的错误，第二次又犯了乱冲蛮干、个人拼命的错误。他指出，一个革命战士，首先要在意志上压倒敌人，而不能被敌人虚张声势所吓倒。接着，进一步指出，一个指挥员要知道组织战士，抓住战机，利用地形地物进行战斗。最后，他又把两次战斗中我犯错误的根源，归结到个人主义和组织纪律观念薄弱的高度上。

黄立贵同志对我的错误进行严肃批评之后，又不厌其烦地教我如何利用地形地物，怎样组织力量、布置火力，以及如何审时度势地灵活战斗。这一堂具体而又生动的战术课，以及他引用毛主席对于游击战术的四句口诀，深深地铭刻在我的头脑之中，给我在后来坚持长期的游击斗争以无穷的智慧与力量。

1935 年，国民党反动派大举进犯闽北苏区首府大安街。为保卫苏维埃政权，为掩护各首脑机关的安全撤退，红五十八团与敌人在大安岗展开激烈的战斗。肩负着艰巨的掩护任务，黄立贵与陈一同志亲自带领队伍。在敌群中穿插切割，把敌人打得人仰马翻。正当敌人阵脚混乱行将溃退，我军发起最后一次反击的时候，一颗罪恶的子弹，穿进陈一政委的胸膛。敌人溃逃了，陈一政委却倒下了。黄立贵同志亲自把政委抬走，为了能够听见战友的临终嘱咐，黄师长所抬的那一头，脸朝着陈一政委。

一路上，陈政委强忍着伤口的剧痛，仰起头断断续续地对黄立贵同志说："我革命到底了，你要保重身体，一定要带好这支部队……"

陈一政委牺牲了！

黄立贵这位从不轻掉眼泪的铁汉，这时泪水夺眶而出，洒在陈一政委的脸上，把那张坚毅的脸孔洗得更加坚毅。

此后，黄立贵同志率领五十八团再次进入建松政苏区，横扫敌群，帮助建松政恢复苏区发展游击队，建立中心县委，战斗在南浦溪上游千仙岗以及建松政一带。接着，于1936 年 1 月，率闽北独立师与闽东独立师在洞宫山会师，把闽东、闽北根据地连成一片。随后他率领闽北红军转战闽北各地。1937 年 7 月 13 日，黄立贵同志在邵武洒溪桥突围战斗中英勇牺牲了。我闻讯之后，只有悲痛没有眼泪。

我深深记得我在他们俩身边工作时，他们俩所教育我的那几句话："前仆后继，前面的指挥员倒下去了，后面的战士就要接上去，继续战斗，更有力地消灭敌人。"从此以后，我在党的指引下，在建松政地区坚持长达 15 年的游击战，与敌人周旋于闽北的崇山峻岭之中，一次又一次地粉碎敌人的进犯与"围剿"，迎来建松政以至全国的大解放。

闽北红军虎将

饶守坤

　　黄立贵是闽北红军独立师师长，他率领的闽北红军在闽北党组织的领导下，不屈不挠地与国民党十万大军进行殊死战斗，赢得了三年游击战争的胜利。在艰苦卓绝的斗争环境中，他对党忠心耿耿，关心同志，爱护战士，是闽北红军的主要将领之一，国民党军称"黄老虎"。我与黄立贵同志相识在革命发生重大转折的关头，又在三年游击战争中结下了深厚的情谊。他是我最崇敬的师长，对我的戎马生涯产生了重大的影响。

　　我第一次见到黄师长是在 1935 年初，时逢中央革命根据地的第五次反"围剿"斗争失败，红军主力被迫战略转移，当时我在红七军团第五师第三团第三营任营长，奉命率部留在资（溪）光（泽）贵（溪）邵（武）四县的交界处坚持游击战争，等待主力红军总反攻。虽然知道留下坚持斗争的部队归项英、陈毅领导指挥，可并不知道他们具体在哪里。局势一天天地恶化下去，敌人大规模地猖狂进攻，使苏区根据地阴霾满空，部队人心浮动。为保存这支部队的有生力量，我率部队日夜与敌人周旋。不久，便翻越分水关，辗转到闽北苏区大安南边的路口，在这里遇到了红七军团第二十师师长黄立贵。我喜出望外，急切地跑上去。

"你是哪一部分的?" 黄师长握住我的手。

"报告师长，我是红七军团五师三团三营的。"

"哟，咱们还是老战友呢! 你是哪里人?"

"江西德兴。"

"嘿! 咱俩还是老乡呢，我是横峰青板桥的。家里还好吗?"

"不知道。" 我摇摇头说。

"唉，甭提了。走，咱们走一走。" 黄师长说着，把手搭在我的肩上，向一道小山坡走去。

我紧傍着黄师长走着，心情格外激动。在江西时，对他驰骋闽赣威震敌胆的"黄老虎"大名早已如雷贯耳，但从未目睹过他的风采。

黄师长边走边向我介绍闽北的情况。这时，一个老乡和侦察员急匆匆地跑来报告：前面发现国民党军独立四十五旅约 1 个团的兵力正朝这里开来，还有 5 里路。

黄师长浓眉一皱，冷静地说："这是进攻大安的!" 他转身命令侦察员："你快去大安向分区委黄道书记报告，我们在这阻击敌人，保卫大安街!" 侦察员风般地跑去。

黄师长约我去察看地形。只见一条大路紧贴着村庄的边缘，沿着脚下的山坡向前蜿蜒伸去，呈"S"形，前面500米处有一个突起的山岗，岗上林木葱葱，既便于部队隐蔽，又便于进出，地形对我们非常有利。

黄师长说："你带部队到前面的山岗处设伏，我在这山坡上，你那儿一打响，敌人会退到这里组织反扑。那时，我率部出击，咱们前后夹击敌人，你看怎么样？"

"坚决执行命令！"我立正答道。

"好，部队马上行动。"黄师长把手一挥，果断地说。

我带着部队迅速地占据了山岗。放过敌人的尖兵排后，我大喊一声："打！"顿时，"嗒嗒嗒……"轻机枪、步枪一齐开火。敌人猝不及防，倒下了一片。后面的敌人不知所措，当判明枪响方位后，便纷纷挤向山坡处组织反扑。"投手榴弹！"黄师长高喝一声，集束的手榴弹冰雹般地飞向敌群，"冲啊！"黄师长手提一杆梭镖，一马当先，率部队从山坡上掩杀下来。瞬间便将敌人的队伍拦腰砍断。敌人首尾不能相顾，毫无组织反抗的能力，队伍大乱。这时，我也率部队冲下山岗，杀向敌群。混战中，黄师长一柄梭镖上下翻飞，左挑右刺，杀得敌人血花四溅。吓得敌人扔枪狂奔，边跑边喊："不得了啰，碰上'黄老虎'了，快跑呀！"敌人一阵大乱，纷纷后退。我军乘胜追击，大败敌军，歼敌1个营，击溃敌人1个团。

战后，我与黄师长合兵一处，直趋大安，见到了闽北分区委书记黄道同志和其他领导人。从此，我与黄师长共同战斗生活了三年，他很信任我，我也更加尊重他，相互关系日渐密切。

闽北的游击战争谁也没料到会打三年，以黄道、黄立贵为领导的共产党组织和红军，在与中共中央失去联系、外界信息完全断绝的情况下，在数十倍于我之国民党军的长年"围剿"下，独立支撑。在一些重大历史转折关头，黄师长审时度势，力挽狂澜，充分体现了砥柱中流的英雄本色。

1935年初，敌人集结10万重兵围攻闽北苏区，矛头直指首府——大安。北路之敌二十一师进至距大安10里的黄连坑，南路之敌独立四十五旅进至距大安10里的小浆，南北夹攻大安，势在必夺。

在强敌当前的严重局势下，闽北分区委召开紧急会议分析形势，采取对策。当时分区委存在着两种尖锐对立的意见，军分区司令员李德胜主张御敌于国门之外，以"红色堡垒"对"白色堡垒"，分兵把口，不失苏区寸土，在小浆与敌决战，誓死保卫大安。分区委书记黄道主张要遵照中央关于闽北红军在原地坚持游击战争，等待或争取主力红军总反攻胜利到来的精神，实行战略退却，放弃大安，在武夷山区开展游击战争。

在决定闽北红军命运的生死关头，黄立贵坚决站在黄道一边，愤慨地驳斥李德胜的"左"倾错误主张。

后来，大家纷纷对"左"倾错误主张表示不满，纷纷支持黄道。最后，会议决定，遵照中央关于"就地坚持"的指示，撤出大安，以武夷山为依托开展游击战争。

撤出大安后，新的问题和困难接踵而来。机关、医院、兵工厂、无线电队，坛坛罐罐，庞大臃肿。2000多人的队伍，行动不能统一，调度指挥困难。恰在这时，分区委接中央关于开展游击战争的指示，决定改变现有的组织方式和斗争方式，整顿机关队伍，压缩非战斗部队，将红五十八团、闽北独立第一、二团，分区警卫连等部队，再次组成闽北红军独立师。黄立贵被任命为独立师师长。

黄师长受命于危难之时，他认为要改变目前局势，必须有计划地分散活动。采取游击战术，主动打击敌人，与敌人做长期的斗争。若是固守山头拼消耗，只能坐以待毙，仅粮食就是无法解决的大问题。2月12日召开独立师成立大会，会上他表扬了一个大个子顺手摸得敌人一挺机枪的事，使得大家克服当前困难，取得胜利的信心倍增。

会后，黄师长兵分两路，向敌人薄弱的地区进军。他率一、三团向江西挺进，到铅（山）资（溪）光（泽）邵（武）地区活动；我随二团去崇（安）浦（城）边界活动。我被编在二团六连任连长。黄师长率一、三团出温林关，首战紫溪歼敌1个营，又连克迭石、盖竹、浆源、港东等地，元宵节前，抵铅山县石垅村宿营。黄师长见群众正操练舞龙灯，就问一个老大爷："陈坊舞不舞龙灯？"老大爷说这一带都有舞龙灯的风俗。黄师长听了沉默不语，思忖良久，一个计谋在他胸中酝酿成熟了。

第二天下午，黄师长率部队急行军，于傍晚赶到了陈坊，部队敲着锣鼓、舞着龙灯混过了敌十二师的碉堡封锁线。冲进了陈坊街道，活捉敌哨兵，直扑敌人的营房。这一仗我无一伤亡，消灭敌人1个多连。之后，他率一、三团挺进邵（武）顺（昌）建（阳）地区，迅速歼灭了邵武的铁罗、朱坊，建阳的书坊、茶布及顺昌的仁寿等地的民团和大刀会，建立了邵顺建县委，并立即向建松政地区游击。

与此同时，二、四团迂回崇安、浦城、铅山、建阳、邵武等革命老区活动，积极地寻机打击敌人。4月29日，我二、四团在铅山县甘溪镇金钟山前的豪岭和马头岭上设伏袭击"剿匪"军第二纵队1个营。当敌人渡过河、进入我伏击圈后，遭到我二团的猛烈打击。四团也从侧后迅速包抄，切断了敌人的退路。敌人依仗着人多势众，装备精良，拼命组织反扑。战斗打得相当残酷。经过三个小时的激战，歼敌一个营，为避免不必要的损失，我军迅速转移至王楼、禹溪。这时，我被提升为第二团团长。

甘溪战斗不仅消灭了敌人1个营，更重要的是为红军以后打出外线、挺进敌后提供了转变策略的依据。7月15日，蒋介石任命卫立煌为闽赣浙皖四省边区"清剿总指挥"。敌人在闽北布置了一个大包围圈，妄图一举消灭闽北红军。

闽北党和红军又处于生死存亡的危急关头。黄师长从建松政回来后，审时度势，向闽北分区委建议：鉴于局势的危急，部队要积极地打出外线到敌人后方去，实行战略退却和战略进攻相结合、外线作战与内线作战相结合的方针，调动敌人，避免打硬仗，打消耗战，保存红军的有生力量，开辟新的游击根据地。闽北分区委采纳了黄师长的建议，并于8月在崇安岚谷黄龙岩召开分区委扩大会议，商讨调整政策、策略问题。

可是，部队向敌后挺进，打出外线，向何处出击呢？这时，黄师长提出部队抽主力向东南，越天堂地区，插到闽东南的建瓯、松溪、政和地区去。会议确定出击方向后，又研究了兵力的使用问题。会议开得极为成功，为扭转闽北游击战争开始时的被动局面奠定了政策基础。

岚谷会议后，独立师挺出外线，一扫过去的那种被动局面。根据地得到了较大发展。红军也由原来的4个纵队发展到6个纵队，党组织也由原来的8个县委发展到10个县委，游击区域东临大海，西达金资贵，北至信江，南抵闽江，这是闽北三年游击战争期间，斗争最顺利、发展最强盛的时期。

闽北分区委撤离大安时，黄师长率五十八团在张山头英勇抗击敌四十五旅的进攻。战斗打得相当残酷，黄师长沉着冷静，指挥若定。

下午3点钟，经过激战的大安张山头笼罩在一片硝烟之中。敌人上几次猖狂进攻均被我击退，敌尸狼藉，我军也付出了极大的代价。黄师长站在一棵大树下，目光冷峻地望着北面的大安，计算着部队撤离的时间。

突然，一声呼啸，一颗炮弹削去了大树的半拉树头。紧接着，炮声隆隆，弹片乱飞，敌人又发起了进攻。战士们紧伏在前沿上，黄师长命令部队注意节省弹药，等敌人靠近了再打！敌人嗷嗷号叫着疯狂地往上冲，仅50米了。"打！"黄师长一声令下。前面的敌人垮了下去，但在督战队的威逼下又反扑上来，连敌人的预备队也冲了上来。黄师长猫腰跑到我的跟前："你看，敌人拼命了，预备队都上来了。你快带部队向敌人侧翼迂回打乱他们的阵脚！"

我迅速跃起率领部队乘着烟雾，借着树林的掩护，向敌人的侧翼迂回攻击，敌人的阵脚顿时大乱。黄师长率部以泰山压顶之势扑下来与敌肉搏，激战中，陈一政委负伤，昏倒在血泊中，一群敌人端着刺刀围上来意欲加害他。黄师长见状，大喊一声："政委！"随即几步跃跳，手起刀落，劈倒了两个敌人，吓得余敌纷纷四散。黄师长扶起政委，斜背在肩上，指挥部队冲杀……战至黄昏，敌人溃败了。

战斗结束后部队迅速转移。黄师长亲自抬着陈政委，几个战士抢上来换他，他拒绝道："政委可能有话。"行进到一片小树林里，陈政委强忍着剧痛，仰起头断断续续地说："老黄，我不行了……你要保重……带好这支部队。"说完，陈政委牺牲了。黄师长泪水夺眶而出，放下担架，拔出手枪，向着铅灰色的天空扣动了枪机，"砰砰砰！"枪声在沉寂的山谷里回荡，向牺牲者致哀。目睹着这悲壮的一幕，我的心情久久不能平静。

黄师长在战斗中不仅勇猛果断，而且机智灵活。尤其在上楼战斗中更是发挥得淋漓尽致。

上楼镇有个大土豪，有几百亩良田，雇工30多人，家中墙高院深，四周修有炮楼。他平日横行乡里无恶不作。我们抓了他两次均未成功。1935年11月12日，黄师长率2个连去上楼开展工作，临行时说："我非要抓住这个大土豪不可。"傍晚细雨霏霏，黄师长将部队埋伏在土豪家门口附近，待穿蓑衣的雇工收工回来，大门缓缓启开。战士们一拥而上，冲进门去。狡猾的地主见势不妙，从地道里溜走了。"跑了和尚跑不了庙。"黄师长告诉大家，"今晚就住在这里，好好地犒劳一顿，改善改善生活，明早再走。"

第二天拂晓，部队带足了粮食，还有火腿、腊肉，正要出门，却发现已被敌人包围了，机枪正对着大门。黄师长命令部队闩紧大门，赶快上炮楼，待机突围。

天大亮，敌五十六师工兵营和新十一师尹营发起了猛烈的进攻。黄师长指挥部队居高临下，依托着炮楼和高墙，远的用枪打，近的用手榴弹炸，打退了敌人的六次冲锋，打死敌人400多个，炮楼前净是尸体。敌人始终未能靠近院落围墙。

下午三四点钟，敌人改变了战术，在猛烈的火力掩护下，兵分两路，一路冲到墙根，利用死角"嗵嗵"地挖墙，妄图将围墙挖倒，扩大突破口。

黄师长命令大家赶快在院子里架上几口大锅烧水。大家不解其意。黄师长诙谐地说："古人云：兵来将挡，水来土掩。今天敌人来挖墙，我用开水来烫，既能节省弹药，又能打击敌人，也不失为妙法。"大家听了不由得抿嘴笑了。一会儿，水烧开了，战士们从院里竖起梯子，爬上墙头，将开水朝挖墙的敌人兜头浇了下去。敌人猝不及防，被烫得一蹦老高，"哇哇"直叫，连滚带爬地蹿了回去。

傍晚，黔驴技穷的敌人放火烧着了四周的民房。一时浓烟冲天，火焰熏人，呛得人喘不过气来。敌人疯狂地号叫着：抓不住活的"黄老虎"，就活活把他们烧死！

这时，黄师长冷静地登上炮楼，寻找着突围口。周围净是敌人，只有出大门，穿过门口的开阔地，奔大东山。黄师长走下炮楼，招呼大家："突围的机会到了，敌人放火，门口的敌人不多，周围的敌人也离得稍远些，正利于我们突围。"他组织好伤员的撤离工作。还专门挑了一个大个子战士，帮助高度近视的二团政委王助。

突围开始了，黄师长一手持着梭镖，一手举着两个手榴弹，隐蔽在大门后面"咣！"大门猛地敞开，黄师长扬手甩出手榴弹，炸翻了门口敌人的机枪，同志们呐喊着冲了出去。四周的敌人万万没有想到我们这时突围，等清醒过来组织堵截时，黄师长已率部冲过门口的开阔地，向大东山跑去。敌人拼命地追赶，但为时已晚。黄师长指挥部队借着夜色，边打边撤。一会儿，便消失在茫茫的大山中。

敌人抓不到黄师长便自嘲地说："黄立贵是个妖怪，会变。"

南方三年游击战争具有其特殊性，那就是失去了党中央的联系，各自为战。在艰苦卓绝的游击战争中，作为闽北军事斗争的主要领导人黄立贵同志，凭着对党的一颗忠心，怀着对中国革命一定胜利的坚定信念，不屈不挠地领导闽北红军坚持斗争。

1935 年 4 月 2 日拂晓，敌人集中重兵将黄师长率领的一、三团包围在建阳黄坑的五里考。敌人占据了四面的山头，并且越聚越多。黄师长指挥部队反复冲杀，与敌激战两昼夜，方突出重围。部队刚翻过几座山梁，又与敌七十六师遭遇，激战 10 小时，才摆脱了敌人的纠缠。

黄师长和突围出来的指战员站在一座山顶上，他想到部队这次损失重大，觉得整个心肺都在燃烧。他注视着幸存的三四百个指战员，连续的行军、硬仗，已使他们衣不蔽体，满脸污垢，一双双带血丝的眼睛里充满着悲愤和疲惫。他的声音颤抖着："同志们，我们已经三天没有吃东西了，又没有粮食，到山下村里搞顿饭吃，也好安置一下伤员。"

来到村边，只见一具尸体被狼啃咬得肚破肠流、血肉模糊，大家七手八脚地掩埋了尸体。村子里不见一个人影，到处是断壁残墙，荒凉景象触目惊心。部队找不到群众，搞不到饭吃，又无法安置伤员，山下到处是敌人的封锁线。黄师长只好率部向高山密林深处撤去。行进间，下起了雨，大家相互搀扶着、拉扯着，一步一跌、一步一撞地行进着。有人摔倒了，站不起来，便慢慢地向前爬。一路泥水一路血迹。突然，后面传上话来，说一团长张燕珍逃跑了。

黄师长摇摇头，望着前方。他头也不回地往前走，找到了一处自然大洞穴，大家蜷缩在一起瑟瑟发抖。

"谁有火柴?"黄师长问。大家翻着口袋，有的拿出火柴一看磷头早已被汗水和雨水泡掉了，不由得面面相觑。

"师长，我这……有火柴。"炊事班长老游蹭到黄师长跟前，从胳肢窝里掏出了一包火柴递给他后，头便无力地靠在他的腿上。"老班长，老游!"黄师长紧紧地把老游抱在怀里，凄然地喊着。叫声和着涧外的风雨，在沉寂的山坳里回响。

火点燃了，通红的篝火映照着一张张铁青的面孔，烘烤着一副副僵硬的躯体。

做饭，没有一粒米，更没有一点食盐。挖来的野菜放在开水锅里一烫，便捞出来吃，黄师长端着菜碗说："同志们哪，趁热多吃几碗。吃饱了才能行军打仗，眼睛要看得远一些。"

夜晚，山风又大又硬，林中的潮气更是逼人。睡不着，便数天上的星星；困极了，便靠在树上打盹。有一些战士再也没有醒来! 伤员更是苦不堪言，没有药品，靠挖来的草药。有的战士伤口化脓了、生蛆了，大伙只好用山泉帮他洗一洗，折根树枝把蛆挑出来。

艰苦的生活，煎熬的岁月，在吞噬着大伙的生命。敌人还不断地搜山"清剿"。宿营地常常受到袭扰。黄师长带领着大家这里躲，那里藏，顽强地斗争着。

1937年5月，黄师长听到了西安事变的消息，预感到国内的形势会发生重大变化，便率领一个营从顺昌出发，前往建阳寻找省委和黄道书记。

敌人发现了黄师长的行踪，立即调重兵围追堵截，黄师长当机立断，将部队以排为单位分散活动，在敌人的空隙中钻来钻去，边打边走。

7月13日，黄师长率40余人在邵武地区的渡头村下游涉过富屯溪，跳出了敌人的包围圈，爬上一座大山。两个多月的连续行军作战，爬山越岭，战士们都精疲力尽了，双腿犹如灌满了铅，突出重围后，再也走不动了，都眼巴巴地望着师长。

黄师长的眼睛一阵发涩，心疼地说："到山脚下沙田村梧桐磜山厂做顿饭吃再走。"梧桐际山厂的刘福金老汉见到黄师长，又惊又喜："师长，你可来了。伪甲长杨玉发是个坏蛋，刚才见你们下山，就去县城报信了，你们还是快走吧！"

黄师长皱了一下眉头，看了看又饿又累的战士们，问清刘老汉这周围没有敌人，最近的也在邵武城内。他判断伪甲长来回要跑四五十里路，还来得及做顿饭。便催促："赶紧做饭，吃了再走！"

谁知伪甲长杨玉发跑到邻村，恰巧碰上了搜山的敌人，便带着他们拼命跑来，团团围住了梧桐礤，悄悄向山厂逼近。黄师长和战士们刚刚端起饭碗，敌人就"嗵！"的一脚踹开大门，打进屋里来了。"砰砰！"黄师长拿起驳壳枪，为首的两个敌人应声而倒。顿时，枪声大作，七八个敌人便横倒在门口，敌人又蜂拥般地冲上来。

黄师长和警卫员依托窗口阻击来敌。他一边射击，一边命令："同志们！赶快向后山，冲出去！"战士们哪里肯走，纷纷冲上来拽住师长："师长先走！"

"冲啊！抓活的，别让'黄老虎'跑了，大洋 5000 块呀。"敌人疯狂地叫喊着，暴雨般的子弹打得屋门噼里啪啦直响。黄师长猛一跺脚，厉声命令："快走！快从后门冲出去，带上老乡，快呀！"战士们望着师长严厉的脸色，呼啦啦跃起，冲向后门，风一般地向后山突围。

敌人调出部分兵力一面追赶突围的战士们，一面加紧对黄师长的围攻。黄师长冷静地观察着敌人，寻找突破口。屋场外趴满了敌人，正匍匐前进，三挺机枪架在屋门前的场坪上。腿部负伤的警卫员爬起来，推着师长的腰说："师长，你快走，我掩……"话没说完，头部中了敌人一梭子机枪子弹。黄师长奋力投出一颗手榴弹，把敌人的射手和机枪一起炸翻。

发狂的敌人冲不进屋来，便向屋内扔手榴弹。顿时硝烟弥漫，弹片横飞，屋门被炸成无数的碎片，房屋也被点燃了，浓烟滚滚，火光熊熊。黄师长的衣服被烧着了，一块弹片也嵌进了腹部。他紧按着伤口，隐蔽在屋门侧面，拔出大刀，进来一个，劈死一个……敌人疯狗般地扑上来，看见黄师长满身血迹，举着大刀，怒目逼视着，挺立在屋门口。他们谁也不敢上前，纷纷后退，举枪射击，黄师长身中数弹。残暴的敌人涌上来，用刺刀割下了他的头颅。

时值七七事变后的第六天，日军正大规模地向华北进攻，中华民族面临着覆国灭族的危急关头，而这位骁勇善战的猛将黄立贵，还来不及奔上抗日的战场，却惨死在国民党内战的屠刀之下。

1937年12月，新四军军部宣告成立。接上级指示，闽北红军陆续集中于崇安长涧源，而后集中到铅山的石塘，改编为新四军第三支队第五团，我被任命为团长。我望着这支钢铁般的队伍，对黄师长的怀念之情油然而生，也更感到肩上担子的分量。黄师长的英灵，将永远与这支英雄的队伍同在！

回忆黄道同志

童惠贞

黄道同志是闽北革命根据地的主要领导者。从 1931 年 7 月他奉命担任中共闽北分区委书记、闽北军分区总政委，一直到 1938 年初调任中共中央东南分局宣传部部长、新四军驻南昌办事处主任，领导闽北的革命斗争达七八年之久。在此期间，闽北苏区蓬勃发展，完成了打通中央苏区的光荣历史任务；五次反"围剿"失败后，主力红军长征，黄道同志又领导闽北党和红军游击队胜利坚持了艰苦卓绝的三年游击战争。黄道同志的历史功绩是不朽的。对黄道同志，我由衷地感到无比景仰。

体育大会

1932 年初，中共闽北分区委和黄道同志总结了历次反"围剿"的经验教训，指示大力开展群众性军事训练，加强红军和地方武装建设，使群众性的军事体育训练运动在苏区很快掀起。

当时我在崇安县长涧源乡任团支部书记、赤少队队长。这天，接到县军委通知。5月1日在崇安召开全区体育大会，指定我们赤少队参加比赛。这可把我吓蒙了。讲训练，我们还抓得很紧，清早、中午、傍晚，一天三次，天天训练，参加比赛却还是第一次。怎么办？我找同伴们商量，大家的意见，还是到区上反映一下，最好换其他队去。

区委书记听完我慌乱的诉说，扑哧一笑："怎么？打仗、守口都不怕，倒怕自己人？比赛是为了促进训练，黄道同志讲得很清楚，反复交代，要多动员一些队参加呢。"

"说真话，怕赛不好，出丑。"

"要去比赛，还要赛好。"

比赛当日，各县、区、乡赤少队群英云集，崇安大操场上人山人海，红旗飘扬。大会开始，首先是分区委组织部部长肖韶讲话，接着从台下走上一位身材魁伟、穿着黑色列宁装、头戴八角帽的同志。他拿着大话筒，用洪亮的声音发表演说，他从国际国内形势讲到各个苏区的胜利，讲到闽北苏区面临的任务。最后，他讲了这次比赛的目的是为了更好地训练，更多地消灭反动派。

听了这位领导同志的话，我悬在心上的石头落了地。是啊！为了打白军，还有什么好顾虑的呢。我愣了一会儿，才和大家一起使劲鼓起掌来。一打听，才知道他就是闽北分区委书记黄道同志。

比赛开始了。这次比赛，分为体育和军体两大项目。我鼓励同伴们不要紧张，要拿出打白军的劲头和勇气参加比赛。结果还不错，我们获得了好几个第一名。

黄道同志亲自参加了颁奖仪式。当介绍到我们时，黄道同志伸出手来，笑着说："你们就是长涧源队的，你们操练得很好，去年方志敏同志率红十军来闽北，攻下长涧源，就是你们配合的吧！"

"是。"

"听说你们赛前还打退堂鼓？"黄道同志说着，发出爽朗的笑声。

我顿时面红耳赤，很不好意思，喃喃地说："黄道同志，我们回去一定好好练。"

"好！回去把大家都发动起来，多练一些项目。大家身体练得棒棒的，又都会打仗，就不怕白军进攻！"

这是我第一次见到黄道同志。

插　秧

1933 年底，我被选送参加中共闽北分区委党校学习，结业后调任大安团委书记。因为工作关系，和黄道同志见面多，也更熟悉了。

1934 年 1 月在瑞金召开的第二次全国苏维埃代表大会上，毛泽东同志就表扬了闽浙赣苏区的生产。一开春，各级政府就号召抓紧春耕，把秧尽快插下去。

1934 年 4 月的一天，我带领十几名共青团员，来到大安南面山垅，任务是把红军家属的秧插好。我们才到田边，就看见远处开来一支队伍。凑近一看，哦！走在前头的大高个子正是黄道同志。还有团分区委书记曾镜冰、省苏代表曾昭铭等同志都来了。

"童娇妹！你们来得早啊！"一副农民打扮的黄道同志老远就打招呼。

"黄道同志，您工作忙，这事我们干吧！"我们几个共青团员恳求道。

黄道同志笑起来："怎么？我不够格！插秧，我还是干过的呢。"说着撸起袖子，挽好裤管，踩下田来。

"黄道同志，你们读书人，写文章，做报告，这农活，叫我们干就行喽。"

"你的看法不对啊！大米谁都要吃，种田的事就不能干？"

"您还有更重要的工作呢！"

"插秧不要紧吗？现在最重要的工作，一是要打破白军的'围剿'，二是抓紧春耕，战争和生产，哪一件都松不得。你们共青团，不光要扩红支前，还要把生产搞好，帮助红军家属种好田，这样红军战士消灭白军更有劲。你说对吗？"

"是。"

"这就对了。"黄道同志亲切地望着我说，说完又抓起一把秧真插起来。看他那神态，真是整副心思都用在插秧上了。

一会儿，分区委通信员骑着快马来到田边，向黄道同志报告紧急情况。

黄道同志听了通信员的报告，忙笑着对大家说："同志们，我得先请个假，以后再补上吧！"

大家笑起来："黄道同志，你还是快走吧。你的那一份，我们帮你完成好了！"

黄道同志一边走，一边摆摆手说："帮？帮可帮不了呀！"

这一天，我们提前完成了任务。

撤退前夕

第五次反"围剿"失败，王明"左"倾冒险主义断送了南方各革命根据地的大好形势。1934年10月，闽北分区委决定及时转入游击战争。

1935年1月下旬的一天，凛冽的寒风呼叫着吹过山谷，我们整队集中在大操场上，准备告别大安。

一会儿，分区委、军分区的领导同志都来到操场。黄道同志迈着坚定的步子，走到队伍面前，用低沉而充满自信的语调说："同志们！我们就要离开大安了。今后的斗争会很艰苦，我们要有准备，要有信心，革命一定会胜利。今天，我们暂时退出大安，是为了明天打回大安，打到福州、南京去的！可是现在，我们也不要让敌人捡便宜。兵工厂赶制了一批地雷，加上我们原有的，都作为送给敌人的'见面礼'吧！"

第二天一部分机关先撤离了，我们将无法带走的文件、报刊和书籍全部烧掉，粮食和其他物品都设法转移，将大安变作一座空镇。然后，分头埋地雷，准备给敌人的"见面礼"。

我奉命带领几十个赤少队员，到范畲兵工厂挑来几百个地雷，在洋庄通往大安的道路上布雷。

"童娇妹同志，地雷够吗？"黄道同志亲自检查布雷工作。

"够了，管叫张銮基吃个饱的。"我回答。

"好！不仅要埋得多，还要埋得巧，看你们赤少队员的了！"

"是。"

"要注意安全。"黄道同志又叮嘱了一句。

"放心吧，黄道同志！"

第二天，我们走在大安对面的高山上，听到身后传来一阵阵爆炸声。

山羊肉

游击战争的环境十分恶劣，生活非常艰苦。我常常看见黄道同志和大家一道，捧着半碗苦涩的野菜，边吃边笑着说："将来革命胜利了，这些东西可就吃不到了，现在多吃点。"有时还给大家讲故事，引得同志们哈哈大笑，在笑声中，又苦又涩的野菜也变得好吃了。

春汛来了，一连十几天大雨不断，寒风一阵紧似一阵，山洪也暴发了。这天晚上，我们蹲在又冷又湿、滴水不断的崖洞里，饥寒交迫，好不容易挨到天明。只听得外头有人喊："大家起来呀，有好吃的了！"

我忙钻出草棚一看，呀！一只浑身湿漉漉的灰色大山羊，被拖来放在草坡上。特务队老吴和小李像从水里捞上来一样，全身上下淌着水，老吴一边喘着粗气，一边兴奋地说："该我们有福气，昨晚巡逻，就听到有山羊叫唤。刚才我们过桥，朝下一看，哟，一只大山羊被夹在桥墩中间。我们费了好大劲才把它拖上来。"

寻到一只大山羊，真是意外收获。大家都忘了饥饿和寒冷，七手八脚，不一会儿工夫就杀好了。一大堆肉，还有一颗碗口大的山羊心脏。不知谁提议，黄道同志最辛苦，用脑多，这颗山羊心脏给他补身子。大家一致同意，还提议给他多留些肉。黄道同志的警卫员高兴地拍着手说："这下可好了，黄道同志一个多月没见过肉腥了呢！"

我们正在热烈地商议着。忽然觉得身后有人，抬头一看，黄道同志笑眯眯地站在身后："怎么？大水给我们送这么一只大山羊，敌人搞了那么多的封锁，怎么就忘了封锁老天爷？"黄道同志说得大家都笑起来。

"黄道同志,这颗山羊心给您补养身体,肉,您也多留些。这是大家的决议。"

"决议? 拿'决议'压我,那可不行!谁提出决议的谁该受批评。山羊肉、心,大家一起吃!"

特务队小王站起来,恳求说:"黄道同志,您为同志们操劳,最辛苦,还是给您拿去吧!"

"论辛苦,你们特务队最辛苦,站岗放哨,搞粮食。论功劳,你和小李是第一位,我可不敢抢占啊!"

刚才大家吵吵嚷嚷的,现在可不敢吭声了,黄道同志的警卫员吐了吐舌头,躲到别人身后去了。谁都知道,在生活上,黄道同志是不准别人给他一点特殊的。

看到大家窘迫的样子,黄道同志笑了:"好,这颗山羊心交给我处理。"

这天中午,我们每个人都吃到炊事班烧的喷香喷香的山羊肉,上面还压了几片又香又脆的炒山羊心片。

课　堂

早在苏维埃时期,黄道同志就非常关心文化教育。每天,只要没有敌情,我们就聚集在大树下,围坐在黄道同志身边,听他讲哲学、政治经济学,讲中国历史、十月革命,讲他和方志敏、邵式平等领导弋横暴动,创建赣东北革命根据地的故事。他常常对我们说:"别看我们今天被围困在这大山里,总有一天我们会打败帝国主义和国民党反动派,建设新国家。到那时，革命任务更重了，没有文化不行。"为了帮助大家写好字，他编了一本字帖，用毛笔工工整整地写好，供我们临摹。

我们编成几个学习小组，学习讨论黄道同志的讲课内容。遇到疑难问题，大家常争辩得面红耳赤。那时我们常常用毛边纸裁成小本本，带在身边，随时学习。遇到纸笔短缺，大家就用小树枝在地上写写画画。当我学会百把个字，第一次我把费了好大劲写成的信送到黄道手里时，他慈祥地笑着说："多写，就会进步！"

黄道同志不仅严格要求我们，他自己也为我们树立了刻苦学习、勤于思考的好榜样。游击战争的环境那么艰苦，黄道同志舍得丢掉一切，只有马列的书、党的重要文件随时带在身边。遇到情况紧急，他就交代警卫员把文件藏好。环境稍好，又派人取回。同志们外出执行任务，他常常交代他们尽可能地搜集书籍和敌伪报刊，以此判断全国形势，决定斗争策略。

黄道同志不仅有广博的社会政治知识，还有精深的文学素养，他喜欢编写歌曲、填词作诗。

1938 年 1 月，经过全党全国人民的努力，抗日统一战线终于实现了。坚持三年游击战争的闽北红军集中于江西铅山石塘，整编为新四军三支队五团，走上抗日前线。

黄道同志也调任新四军驻南昌办事处主任。

第二年，黄道同志不幸被国民党特务暗害的噩耗传来，苏区群众无不咬牙切齿，悲愤异常。人们含着热泪，把他的忠骨迎到闽北，安葬在长涧源北村，闽北人民继承黄道同志的遗志，坚持斗争，最终迎来了全国的解放。